꽃으로 토지를 읽다

Reading 『Toji』 with Flowers
By Kim Min Cheol

Published by Hangilsa Publishing Co. Ltd., Korea, 2023

김민철 지음

꽃
으
로

토
지
를

읽
다

한길사

일러두기

• 이 책에서 인용한 박경리의 『토지』는 나남출판사에서 출간한 것을 따랐다.

『토지』 주인공에 얽힌 꽃 이야기

프롤로그

이 책은 박경리 대하소설 『토지』를 꽃에 역점을 두어 읽고 쓴 글이다. 2019년 『꽃으로 박완서를 읽다』라는 책을 출간했다. 문학 속에 나오는 꽃 이야기는 오랜 관심사였다. 그 책을 쓰고 다음은 무엇에 관심을 가져볼까 고민했지만 답은 금방 정해졌다. 소설 『토지』에 나오는 꽃 이야기를 쓰는 것이다.

최근 일 년을 꼬박 『토지』에 묻혀 살았다. 『토지』를 다시 읽기 시작하면서 걱정한 것도 사실이다. 『토지』는 여성 작가가 썼지만 남성적인 작품이라는데 꽃이라는 소재가 많이 나올까 싶었기 때문이다. 그건 기우였다. 아니 꽃이 많이 나오는 것에 놀랄 정도였다. 최참판댁의 상징으로 능소화가 나오고 강청댁이 신혼 시절 신랑 용이에게 할미꽃을 꺾어주는 장면이 나오는 등 작품 곳곳에 꽃이 화사하게 피어 있었다.

오히려 『토지』를 읽으면서 빙그레 웃는 일이 많았다. 등장인물과 꽃·나무가 딱딱 맞아떨어지는 장면이 많았기 때문이다. 능소화, 할미꽃 외에도 귀녀와 머루덩굴, 별당아씨와 진달래, 임명희와 옥잠화, 유인실과 수국처럼 고민할 필요도 없이 꽃과 인물이 잘 들어맞았다.

『토지』에서 가장 애처로운 사랑은 용이와 월선이의 관계다. 둘 사이 사랑 이야기가 나올 때면 어김없이 등장하는 나무가 버드나무였다. 용이는 월선이가 말없이 떠나자 그리워하는데, 그럴 때마다 "섬진강 둑길에 우뚝우뚝 서 있는 키 큰 버드나무들"이 나오는 것이다. 작가가 의도적으로 용이와 월선이의 사랑과 버드나무를 연결한 것이 분명하다.

『토지』의 대미를 장식하는 장면은 서희가 일본이 항복했다는 소식을 듣고 감격에 겨워 해당화 가지를 잡고 주저앉는 모습이다. 왜 하필 해당화였는지, 『토지』의 다른 장면에서도 해당화가 나오는지, 해당화가 등장하는 다른 소설이나 그림은 어떤 것이 있는지 등을 다루었다.

이런 식으로 서희와 개나리·탱자나무·해당화, 함안댁과 살구나무, 봉순이와 과꽃, 『토지』의 기화요초인 주갑이, 임이네와 물가의 잡초, 홍이와 자작나무, 장연학과 참나무 등을 22편의 글로 정리했다. 또 작품에 나오는 꽃이나 소설 속 공간 사진을 실어 독자의 이해를 돕고자 했다. 마지막으로 인물과 연결하기 어려운 꽃과 나무들은 작품의 주요 공간인 지리산, 평사리, 통영 등으로 나누어 소개했다.

『토지』는 5부로 구성돼 있고 20여 권 분량에 등장인물만 600여 명에 이르는 방대한 대하소설이다. 큰 줄거리를 소개하는 것만으로도 원고지 10매 이상이 필요할 것이다. 그래서 유명한 소설이지만 완독한 사람이 많지 않은 것이 현실이다. 많은 사람들에게 『토지』 완독은 위시리스트 중 하나다. 김윤식 서울대 교수는 아무리 빨리 읽어도 15일 걸린다고 했는데, 나는 직장 다니며 읽으니 열심히 읽었는데도 석 달 넘게 걸렸다.

이 책은 꽃이 나오는 장면과 함께 인물의 스토리와 소설 속 꽃의 역할을 넉넉하게 소개했다. 꽃이 나오는 장면은 대개 그 인물 스토리의 정점인 경우가 많다. '불꽃같은 여인' 유인실과 수국이 나오는 장면이 대표적이다. 그래서 이 책을 읽으면서 꽃과 등장인물을 따라가다 보면 독자들이 자연스럽게 소설 줄거리와 큰 흐름을 알 수 있

어진 함인대를 상징하는 살구나무. 3월 말 석어당 옆에 피는 살구나무는
덕수궁의 명물이다.

을 것이다.

유시민 작가는 여러 인터뷰에서 『토지』가 우리말의 보고寶庫이면서 정말 재미있지만 1, 2부만 읽으면 충분하다고 했다. 1, 2부라도 읽으라는 점을 강조한 말이라 믿지만 정작 완독을 하고 나니 작가가 하고 싶은 말은 오히려 3부 이후에 나오는 것 아닌가 싶다. 김윤식 교수도 4부에 작가의 의도가 담겨 있다고 했다. 등장인물과 꽃을 연결시킨 부분도 임명희와 옥잠화, 양현의 쑥부쟁이 사랑, 상의와 무궁화 등 3~5부에 나오는 내용이 적지 않다. 이 책을 읽고 『토지』를 완독하고 싶은 독자가 늘어나기를 바라마지 않는다.

이 책을 쓰면서 가급적 『토지』의 현장을 가보려고 했다. 소설 속 공간을 재현해놓은 하동 최참판댁은 계절별로 가서 분위기를 보고 어떤 꽃과 나무들이 있는지 살폈다. 원주 박경리문학공원은 작가가 1980년에 이사해 텃밭을 가꾸며 『토지』 4~5부를 집필한 옛집을 중심으로 조성한 소공원이다. 이 공원에서 소설 속 양현이가 어머니 봉순이를 그리워하며 섬진강에 던졌던 과꽃이 한창인 것을 보고 정말 반가웠다. 작가의 고향이자 『토지』 4~5부의 주요 공간인 통영은 볼 것도 많고 음식 맛도 좋아 여러 번 가서 미륵산과 박경리기념관 등을 둘러보았다.

작가와 등장인물 또는 꽃에 대한 에피소드가 있으면 적극적으로 반영했다. 홍이는 작가 박경리의 아버지 이야기를 상당 부분 가져온 인물이고, 홍이의 딸 상의는 작가 자신의 모습을 투영하고 있다는 점이 재미있다. 또 소설에 나오는 꽃과 나무가 작가와 어떤 인연이 있는지, 다시 말해서 작가가 언제 이 식물을 주로 접했는지 파악해 보려고 했다. 예를 들어 길상이의 상징인 파초는 작가가 어릴 적 6촌 친척인 '간창골 아저씨' 댁에 드나들면서 자주 접한 식물이었다. 이 책을 읽으면 이런 내용들을 통해 작가 박경리가 어떤 삶을 살았는지 윤곽을 잡을 수 있을 것이다.

『토지』를 꽃으로 읽은 책은 없었지만 이 책을 쓰는 데 많은 선행 연구자들의 도움을 받았다. 특히 김형국의『박경리 이야기』(박경리 생애), 토지학회의『토지 인물열전』, 김윤식의『박경리와 토지』(소설 분석) 등이 큰 도움을 주었다. 그밖에도 박경리와『토지』를 연구한 단행본과 논문이 셀 수 없이 많아 참고할 수 있었다. 이 책이 그 훌륭한 연구들의 조그만 틈이라도 메우는 데 역할을 했으면 좋겠다.

아내 김혜란은 첫 독자로서 이 책의 기획과 초고 작성 등 단계마다 한두 마디씩 해주었다. 처음 가는 길이라 이 조언이 방향을 잡고 수정하는 데 큰 도움을 주었다.

『토지』는 1897년부터 해방을 맞을 때까지의 우리 이야기다. 그래서 우리 주변에 있는 꽃들이 많이 등장한다. 이 책을 읽다 보면 상당수 야생화와 나무도 저절로 익힐 수 있을 것이다. 이것을 계기로 많은 사람들이 꽃에, 특히 우리 주변에 흔한 꽃과 야생화에 관심이 생겼으면 좋겠다. 어쭙잖은 글과 사진을 멋진 책으로 만들어준 한길사 편집진께도 감사드린다.

2023년 4월
김 민 철

서
희
의

꽃

서
희
의

꽃

서희와 길상이의 개나리 연정

개나리

길상이, 봉순 아닌 서희에게 개나리를 주다

소설 『토지』를 흔히 주인공이 없는 작품이라고 한다. 600여 명의 인물들이 차례로 등장해 제 역할을 하는 소설이라는 것이다. 그래도 핵심 주인공을 꼽자면 당연히 서희와 길상이고 그중에서도 '원픽'하라면 서희일 수밖에 없다. 소설은 서희가 다섯 살인 1897년 한가위에 시작해 1945년 쉰세 살에 해방 소식을 듣고 감격에 겨워 해당화 가지를 잡고 주저앉는 장면으로 끝난다.

서희는 어려서 어머니 별당아씨가 머슴 구천이와 야반도주하고, 아버지 최치수마저 재산을 노리는 김평산·귀녀 무리의 음모에 빠져 목 졸려 죽어 외롭게 자란다. 유일하게 남은 할머니 윤씨부인도 1902년 호열자가 대유행할 때 세상을 뜬다. 최참판댁에 열 살짜리 여자애 하나만 남은 것이다.

　박경리 작가는 여러 인터뷰에서 소설 『토지』는 거제 출신 외할머니가 들려준 이야기가 발단이 되었다고 했다.

　거제도 어느 곳, 끝도 없이 넓은 땅에 누렇게 벼가 익었는데 그냥 땅에 떨어져 내릴 때까지 거둘 사람이 없었다. 호열자가 그들을 죽음으로 데려갔기 때문이다. 사람들이 다 죽고 딸 하나가 남아 집을 지켰다.

　그 이야기가 작가에게 어떤 선명한 빛깔의 대조, 삶과 생명을 나타내는 벼의 노란색, 호열자라는 죽음의 검은색으로 젊은 시절 내내 머리를 떠나지 않았다는 것이다.*
이 남은 딸 하나가 서희인 셈이다.

　서희는 "눈이 부시게 아름다운" 미인이다. 작가는 임명희, 유인실, 봉순이도 미인으로 묘사하고 있지만 서희의 미모에 대한 묘사가 압도적이다. 그런 만큼 서희를 꽃에 비유하는 대목도 많다. 대략 추려도 개나리, 연꽃, 매화

* 　박경리·송호근 대담, 「작가를 찾아서」, 『작가세계』 1994년 가을호.

등을 꼽을 수 있다.

서희 미모는 어머니 별당아씨를 닮았다. 어머니가 머슴과 야반도주하자, 어린 서희는 어머니가 언제 오느냐고 묻기를 반복했다. 대답이 없으면 "영근 박같이 팡팡하고 잘생긴 서희 이마빼기에 정맥이 나돋고 부풀어오르며 기어이 뒹굴기 시작"했다. 이런 서희에게는 별당아씨가 나간 후 엄마 역할을 하는 봉순네는 물론 할머니 윤씨부인까지도 속수무책이다.

서희는 어머니를 그리워하면서 별당 작은 연못에 얼굴을 비추어본다. 이때 서희는 "한 송이 연꽃" 같았다.

서희는 허리를 굽혀 연못가에 얼굴을 비춰본다. 옥같이 맑은 조그마한 얼굴이 물 위에 뜬다. 한 송이 연꽃같이 보인다. 그러나 서희는 어머니의 얼굴로 본다. (3권 356쪽)

길상이는 최참판댁 머슴이지만 서희가 용정으로 피신해서 그곳에서 막대한 부를 축적하는 데 핵심 역할을 하며 서희의 마음까지 얻어 혼인하는 인물이다. 길상이가 열여섯 살이고 서희는 아홉 살일 때 길상이는 김훈장댁에서 막 피기 시작한 개나리를 한아름 꺾어다 서희에게 준다. 이 대목을 처음 읽을 때 봉순이에게 주지 않을까 짐작했는데 서희였다. 주인과 머슴이라는 신분 차이가 엄연했으니 연정까지는 아니겠지만 서희에 대한 애틋한 마음이 싹트고 있었음을 작가가 암시하고 싶었던 것 같다. 『토지』를 다 읽고 보니 일종의 복선이었다.

대문을 나선 길상이는 곧장 돌아갈 판인데 문이 열려져 있는 사랑 마당 쪽으로 눈이 갔다. 햇볕 바른 곳이어서 그랬던지 별당 뜰의 개나리는 움이 트고 있을 뿐인데 그곳의 개나리는 봉오리를 맺고 있었다.

"옳지. 저걸 꺾어서 애기씨한테 드려야지. 방에 두믄 곧 꽃이 필 기다."

길상은 서슴없이 들어가서 조심성 없게 꽃가지를 우직우직 꺾는다. (…)

"얻었나?"

노려보는 서희 눈초리에 길상이는 감히 제 마음대로 꺾어왔다는 말은 못 하고 우물쭈물하다가

"어서 방에 꽂아라. 따신 방에 두므는 꽃이 필 기다."

봉순이 꽃을 받아 안았다. 그러더니 꽃가지 속에서 필 듯 말 듯한 꽃 한 가지를 꺾은 봉순이는 서희 귀밑머리에 꽂

개나리는 이른 봄에 피어 봄을 알리는 대표적인 꽃으로 꽃잎이 네 개로
갈라진다. 우리 특산 식물이지만 아직 자생지를 찾지 못했다.

아주면서

"애기씨 참 예뻐요."

하고 웃었다.

"너도 꽂아주련?"

서희도 웃으며 꽃 한 가지를 꺾어 봉순이 귀밑머리에 꽂

아준다. 그러고 나서 두 아이는 깔깔거리며 웃었다. 길상

이도 벙실벙실 웃는다. (3권 61~62쪽)

마침 서희는 당시 아버지 최치수의 상을 끝내고 막 상

복을 벗은 때였다. 1부가 끝날 즈음, 그러니까 용정으로 떠나기 직전에는 서희를 꽃 중의 꽃인 매화에 비유한다.

> 머리를 엮어내리는 하얗고 가는 손, 그것은 마물 같고 열 손가락에 오목오목하게 박힌 손톱은 이른 봄날에 날아내리는 매화 꽃이파리 같았다.
> 거울을 보기 위해 검은 눈동자는 한켠으로 몰리었고 흰자 위가 넓어진 얄팍한 눈매가 몹시 아름답다. 길게 찢어져서 확실한 골을 이룬 눈꼬리도 또렷한 윤곽과 더불어 오묘한 조화를 이루고 있다. (4권 213~214쪽)

작가는 정말 공을 들여 서희의 아름다움을 세밀하게 묘사하고 있다. 서희는 용정으로 떠나기 위해 하동읍 이 부사댁에서 잠시 머물렀을 때 상현의 아내 박씨와 한 방을 쓴다. 이때 작가는 "눈이 부시게 아름다운"이라고 표현한다. 박씨는 "눈이 부시게 아름다운 서희"를 시샘하는 것이다. 박씨는 "그의 미모에 압도당한 평범한 아내"였다고 썼다.

서희는 미모만 빼어난 것이 아니다. 제 나이를 넘어서는 명석함이 있었고, 아버지와 할머니 등의 죽음으로 조숙했으며 한서漢書 등 책을 읽어 총명함까지 갖춘 여인이다. 작가는 서희의 내면을 이렇게 묘사한다.

포악스럽고 음험하고 의심 많고 교만한 서희. 그러나 그것이 그의 전부는 아니었다. 제 나이를 넘어선 명석한 일면이 있었다. 본시 조숙했지만 그간 겪었던 불행과 지켜보지 않을 수 없었던 많은 죽음들로 해서 그의 마음은 나이보다 늙었고 미친듯이 노할 적에도 마음 바닥에는 사태를 가늠하는 냉정함이 도사리고 있었다. (4권 212쪽)

서희가 용정에서 사찰 법회에 참석했을 때, 송병문 씨의 자부 장씨의 미모에 대한 얘기가 나온다. 그런데 그다음에 바로 서희에 비하면 얼굴은 물론 위엄과 자부, 총명함이 비교 대상이 아니라고 했다.

나란히 앉은 송병문 씨의 자부 장씨와 서희는 여러모로 대조적이다. 장씨는 서희같이 이목구비가 깎은 듯 단정하고 윤곽이 완전무결하게 아름다운 여자는 아니었다. 서희같이 위엄과 자부에 가득 찬 모습도 아니었다. 총명함이 눈빛 속에 여실한 그런 여자도 아니었다. (5권 213쪽)

"위엄과 자부"심은 소설 전체에 걸쳐 관통하는 서희의 태도다. 그런 서희에 대해 길상이는 "공작새 같고 연꽃 같은 서희 애기씨"라고 생각한다. 하지만 그런 서희가 무너지는 모습을 보일 때가 두어 번 있다. 그중 하나가 길상에게 청혼할 때다. 서희가 신분 차이를 넘어 길상이와 결혼을 생각했을 때 길상이는 피하려고 했다. 이런 길상이의 태도가 서희의 자존심을 짓밟았음은 물론이다. 서희의 몸이 여위고 눈 가장자리에 음영이 드리워질 정도였다.

길상이는 회령에 가면 과부 옥이네에 들른다. 이 사실을 아는 서희가 옥이네를 만나기 위해 회령으로 떠나는 장면에서 작가는 꽃으로 서희를 묘사하기엔 부족하다고 생각했는지 보석인 흑요석을 동원했다.

숨이 막히고 고뇌스러우며 탄식하게 되는 아무튼 보는 사람에게 황홀감을 주기보다 괴로움을 주는 서희의 미모, 용정 바닥에 얼마나 많은 이야기를 뿌린 여자이던가. 전설과 같은 애기들. 어떻게 하여 저 흑요석 같은 눈동자의 어린 여자는 어마어마한 그 재산을 삼사 년 동안 쌓아올렸을까. 기적이다. (6권 88쪽)

서희는 먼저 옥이네를 만나 일단 둘을 갈라놓는다. 여관 여주인이 서희가 설중매雪中梅라면 야화野花도 못 된다고 하는 과수댁이었다. 그리고 서희는 "난 길상이하고 도망갈 생각까지 했단 말이야. 다 버리고 달아나도 좋다는 생각을 했단 말이야"라는 말로 길상에게 청혼한다. 이어 용정으로 돌아오는 마차가 계곡에서 뒤집히는 사고로 서희가 크게 다치는 일을 계기로 두 사람은 혼인에 이른다.

이처럼 작가는 서희에게 영근 박, 개나리, 연꽃, 매화 등 아름다운 꽃들을 차례로 선사한다. 그중에서 개나리는 유년의 서희 꽃으로, 아직 어린 서희와 길상이의 마음을 표현하는 데 적격인 것 같다.

자생지 못 찾은 우리 특산 식물

개나리는 진달래와 함께 초봄에 가장 먼저 피어 봄이 오는 계절을 알리는 꽃이다.

개나리는 학명이 'Forsythia koreana'로, 학명에도 한국 특산이라는 점이 분명히 밝혀져 있다. 그런데도 아직 국내에서 자생지를 찾지 못한 나무이기도 하다. 현재까지 밝혀낸 자생지는 모두 산개나리 자생지일 뿐 개나리 자

산개나리는 개나리와 비슷하지만 개나리처럼 가지가 아래로
처지지 않고 꽃이 연노랑색인 점이 다르다.

생지는 한 군데도 없다. 산개나리는 개나리처럼 가지가
아래로 처지지 않고 잎 뒷면에 털이 있는 점이 다르다.
일년생 가지가 개나리는 녹색, 산개나리는 자주색을 띠
는 것도 다르다.

　이른 봄 개나리 비슷하게 노란 꽃이 피는 나무가 있다.
영춘화迎春花다. 이름 자체가 '봄을 맞이하는 꽃'이란 뜻
이다. 자라는 모양이나 크기가 비슷해 멀리서 보면 구분
하기 힘들 정도로 개나리와 닮았다. 그래서 사람들이 영
춘화를 보고 흔히 개나리가 피었다 생각하고 지나치기

영춘화는 개나리보다 보름쯤 먼저 핀다. 꽃잎이 대개 여섯 개로
갈라지는 점이 개나리와 다르다. 중국 원산으로 관상용으로 많이 심는다.

쉽다. 하지만 개나리보다 보름쯤 먼저 피고, 꽃잎이 대개 여섯 개로 갈라지는 점이 다르다. 개나리의 꽃잎은 네 개로 갈라진다. 개나리는 우리 토종인 데 비해 영춘화는 중국 원산으로 관상용으로 들여와 심은 것이다.

하얀 꽃이 피는 개나리처럼 보이는 나무도 있다. 바로 미선나무다. 미선나무는 우리나라에서만 자라는 1속 1종 희귀 식물이다. 열매의 모양이 전통 부채의 한 종류인 미선尾扇을 닮았다고 미선나무라는 이름이 붙었다. 볕이 잘 드는 산기슭에서 자란다. 희귀 식물이었지만 요즘엔 증

미선나무는 개나리와 비슷하지만 하얀 꽃이 피는 나무다. 희귀 식물이었지만 요즘엔 고궁이나 공원 등에서도 자주 볼 수 있다.

식을 통해 많이 퍼져서 수목원은 물론 고궁이나 공원 등에서 자주 볼 수 있다.

서희, 가시 가득한 탱자나무 같은 여인

탱자나무

가까이 다가가기 힘든 서희

사랑 뒤뜰을 둘러친 것은 야트막한 탱자나무 울타리다.
울타리 건너편은 대숲이었고 대숲을 등지고 있는 기와집
에 안팎일을 다 맡는 김서방 내외가 살고 있었는데 울타
리와 기와집 사이는 채마밭이었다. (1권 45쪽)

『토지』에서 하동 평사리 최참판댁의 전체적인 모습이
나오는 대목이다. 필자가 어릴 적에만 해도 남쪽 지방엔
최참판댁처럼 탱자나무 울타리가 흔했다. 요즘은 벽돌
담장에 밀려 시골에서도 보기가 쉽지 않은 풍경이다. 우
리나라 민간 정원의 원형을 간직한 전남 담양 소쇄원에
가면 잘 가꾸어놓은 탱자나무 울타리를 볼 수 있다.

탱자나무에는 날카로운 가시가 있다. 그것도 손가락 두 마디 정도로 긴 험상궂은 가시다. 어릴 적 탱자를 따기 위해, 탱자나무 속으로 들어간 공을 빼내기 위해 아무리 조심스럽게 손을 집어넣어도 여지없이 가시에 찔렸다. 그래서 탱자나무는 접근을 거부하는, 접근하더라도 조심해야 하는 나무였다.

이런 탱자나무가 『토지』 3부에서 서희를 묘사하는 데 쓰였다. 서희는 미모가 출중하지만 매몰찬 성격이다. 어린 나이에 어미가 자신을 버리고 떠나갔고, 할머니 윤씨 부인마저 호열자가 창궐할 때 잃고, 조준구에게 재산을 다 빼앗기고, 평사리 주민들과 함께 용정으로 옮겨가 다시 부를 축적하려면 그런 성격이어야 했을 것이다. 서희는 신분이 비슷한데다 연모하는 마음을 갖고 있던 이상현 대신 길상이를 남편으로 택했다. 하지만 그 과정을 사랑이란 말로 표현하기엔 뭔가 부족하다. 사랑이라기보다는 가문과 재산을 지키기 위한 방편이었다는 쪽에 가깝기 때문이다. 그렇다면 서희도 길상이·이상현이 아닌 다른 남자에게 사랑이라는 감정을 느낀 적이 있었을까.

서희는 조준구에게 평사리 집과 땅을 되찾은 다음 진주에 정착한다. 진주에서 최참판댁 주치의는 박효영 의

탱자나무엔 날카로운 가시가 있다. 조심스럽게 가지 사이로
손을 넣어도 찔리는 경우가 많다.

사였다. 의사도 오래 진료하다 보면 환자에게 환자 이상
의 감정이 생길 수도 있을 것이다. 박 의사의 경우가 그
랬다. 서희는 박 의사가 자신을 사모하고 있는 것을 알고
있으면서도 외면했지만 딱 자르지는 않았다. 주치의를
바꾸지 않은 것이다. 그런 서희를 보고 박 의사가 연상하
는 것은 탱자나무 울타리다.

박 의사는 서희를 생각할 때 연상되는 것이 있었다. 그것
은 탱자나무의 울타리다. 서울 태생의 박 의사는 남쪽으

탱자나무 꽃은 다섯 장의 하얀 꽃잎이 서로 떨어져 있는 것이
개성 있고 꽃향기도 은은하게 난다.

로 내려와서 처음 탱자나무 울타리를 본 터이지만 강인하
고 날카로운 가시가 밀생密生한 탱자나무 울타리를 바늘
하나의 출입도 거부하듯 그렇게 무시무시하게 느꼈던 것
이다. 그것은 저승의 사자를 출입 못 하게 막기 위한 것이
라는 말을 들은 바 있지만 박 의사는 서희를 처음 만났을
때 어째 그랬던지 그 탱자나무의 울타리를 생각했던 것이
다. (10권 365쪽)

탱자나무는 5월쯤 하얀 탱자꽃을 피운다. 5월 즈음이면 서울 경복궁 고궁박물관 옆 뜰 탱자나무에도 하얀 탱자꽃이 피어 향기를 내뿜는다. 서울에선 탱자나무를 보기 어렵고 탱자꽃은 피는 시기까지 짧아 더욱 귀한 꽃이다. 꽃이 필 때 옆을 지나면 은은한 꽃향기가 참 좋다. 다섯 장의 하얀 꽃잎이 서로 떨어져 있는 꽃도 개성 있고 예쁘다. 여기에 날카로운 가시까지 생각하면 탱자나무꽃은 미모가 빼어나지만 가까이 다가가기 힘든 서희의 꽃으로 잘 어울리는 것 같다.

탱자나무는 운향과에 속하는 작은키나무다. 많이 자라도 3~4미터 정도다. 줄기가 항상 푸르러 상록수로 알기 쉽지만 가을엔 잎이 떨어지는 낙엽성 나무다. 중국이 원산지로, 추운 곳에서 자라지 못해 우리나라엔 경기도 이남에 주로 분포한다. 강화도가 북방한계선인데, 이곳 탱자나무는 성벽을 쌓고 그 아래 적의 침입을 막기 위해 심은 것이다. 400여 년 전 정묘호란 때 외적의 침입을 막기 위해 심은 탱자나무 중 두 그루가 살아남아 각각 천연기념물로 보호받고 있다.

탱자나무는 가을에 또 한 번 존재감을 드러낸다. 사실 탱자나무는 꽃이 필 때보다 탁구공만 한 노란 열매가 달

강화도 사기리 탱자나무. 400여 년 전 정묘호란 때 외적의 침입을 막기 위해
심은 탱자나무 중 살아남은 것으로 천연기념물 제79호다.

려 있을 때가 더 돋보인다. 특히 파란 가을 하늘을 배경
으로 탱자 열매가 주렁주렁 달린 모습은 셔터만 누르면
바로 작품 사진이나 마찬가지다. 어릴 적 가시에 찔려가
며 노란 탱자를 따서 갖고 놀거나 간간이 맛본 기억이 있
다. 잘 익은 노란 탱자는 상당히 시지만 약간 달짝지근한
맛도 있다.

　탱자나무는 재질이 단단해 명절이나 상갓집에서 윷놀
이할 때 이 나무를 잘라 윷을 만들었다. 탱자나무 근처에
서는 호랑나비를 흔히 볼 수 있다는 재미도 있었다. 호랑

탱자나무는 꽃이 필 때보다 가을에 탁구공만 한 노란 열매가
달려 있을 때가 더 돋보인다.

나비가 탱자나무 잎에 알을 낳고 애벌레는 그 잎을 갉아
먹고 살기 때문이다.

탱자나무가 비극적으로 쓰인 것은 날카로운 가시를 이
용한 위리안치圍籬安置였다. 조선시대 왕족이나 고위 관
료가 큰 죄를 지었을 때 먼 곳에 유배 보내면서 집 둘레
에 탱자나무로 울타리를 만들어 외부와 접촉을 차단한
형벌이 위리안치형이었다. 대표적으로 폐주 연산군과 광
해군이 위리안치 형벌을 받았다.

의사 박효영은 서희가 탱자나무 울타리임을 알면서도

그녀에게 좀더 가까이 다가간다. 그렇지만 서희는 박 의사가 "쏟아놓은 감정을 그의 가슴에 주워 담아주듯" 피하지 않았지만 받아들이지도 않았다. 그 결과는 박 의사의 자살이라는 불행으로 이어졌다. 이 소식을 전해들은 서희가 눈물을 보인 것이 일방적인 애정만은 아니었음을 짐작하게 한다.

박 의사 자살 소식을 들은 서희는 울음을 터트린 다음 남편 길상이가 관음탱화를 완성하고 기다리는 지리산 도솔암에 가지 않고 최참판댁 별당에 묵는다. 별당은 자신의 어머니 별당아씨가 거처했던 곳이다. 서희는 스스로에게 묻는다. 나는 행복한 여인인가. 그러면서 자신과 어머니 별당아씨를 비교해보는 장면이 인상적이다.

박 의사는 서희가 서울에서 돌아오다 급성맹장염으로 부산에서 수술을 받았을 때 진주에서 달려와 헌신적으로 치료했다. 서희는 그 장면을 생각하면서 사랑은 박효영뿐만 아니었고 서희 자신 속에도 있었음을 강하게 느낀다.

서희는 비로소 어머니와 구천이의 사랑을 이해할 수 있었다. 그러면서 어쨌거나 어머니 별당아씨는 사랑을 성취한 것 아니냐는 생각에 이른다. 서희는 일생 동안 거의 흘리지 않은 눈물의 둑이 터진 것처럼 흐느껴 운다. 이 정도라면 사랑이라는 단어를 쓰는 것이 어색하지는 않을 것 같다.

이상진 방송통신대 교수는 『토지 인물열전』 서희 편에서 "그의 자살 이후 서희는 비로소 스스로 옭아맨 모든 속박에서 풀려난다"며 "어두운 운명, 못다 이룬 사랑에 대한 집착에서 벗어나 그녀는 빼앗긴 땅 평사리의 정신적 지주로서 생명을 자비롭게 거두는 일에 눈뜬다"고 했다.

윤대녕 소설 「탱자」, 고모의 사랑과 회한

윤대녕의 소설 「탱자」를 읽고 여운이 오래 남았다. 제목처럼 탱자가 주요 소재로 쓰인 작품이다. 소설에서 '나'는 제주도에 보름 정도 머물 생각이니 방을 좀 구해달라는 늙은 고모의 편지를 받는다.

고모는 중학교 졸업도 하기 전 열여섯 나이에 절름발이 담임선생과 눈이 맞아 야반도주했다. 그러나 그쪽 집에서 완강히 반대하는 바람에 돌아올 수밖에 없었다. 다른 여자와 결혼한 담임선생은 5년 후 다시 찾아간 고모에게 퍼런 탱자를 몇 개 따주면서 "이것이 노랗게 익을 때 한번 찾아가마"라고 했다. 그는 찾아오긴 했지만 한숨만 내쉬다 돌아갔다.

고모는 스물여덟에 다른 남자와 결혼했다. 남편이 일찍 타계하자 생선 장사 등을 하며 자식을 키워냈다. 잘 성장한 아들은 대기업에 취업해 미국으로 떠났다. 이제 분당의 40평 아파트에 살 정도로 여유가 생겼지만 혼자 사는 게 힘들어 제주에 들렀다고 했다.

고모는 간간이 '나'에게 자신의 신산辛酸스러운 인생을 털어놓는다. 제주에 오기 전 고모는 그 담임선생을 다시 찾아갔다. 그리고 "다시 합쳐 살자"는 담임선생의 말을 뿌리치고 대신 탱자를 한 보따리 따온다. 고모는 "내 부질없는 마음엔 탱자를 갖고 물을 건너면 혹시 귤이 되지 않을까 싶어…"라고 말한다.

고모는 이런 얘기를 들려준 다음 집으로 돌아오는 밤길에 배추밭에 들어가 곡을 하듯 운다. "배추밭에 와서 급기야 고모는 오랜 세월 울혈졌던 마음을 힘겹게 풀어"낸 것이다. 고모가 담임선생과 야반도주를 언약한 곳이 배추밭이었다. 고모가 다시 육지로 떠나 석 달이 지난 후 '나'는 아버지에게 고모의 부음과 함께 고모가 이미 5개월 전 폐암 선고를 받았다는 사실을 전해 듣는다.

이 소설에서 탱자는 고모의 사랑과 회한을 상징한다. 이 소설이 주는 감동은 고모의 인생에 대한 안쓰러움과 함께 죽음을 앞두고도 분별력을 잃지 않는 고모의 처신에서 오는 것 같다. 고모가 한 말, "누가 만드신 것인지 세상은 참 어여쁜 것이더구나"도 두고두고 기억에 남는다.

서희, 해당화 가지 휘어잡고 주저앉다

해당화

『토지』의 대미를 장식하는 꽃

소설『토지』를 대표하는 꽃을 고른다면 무엇일까. 21권 짜리 방대한 규모인『토지』에는 능소화, 과꽃, 진달래, 옥 잠화, 수국 등 수많은 꽃이 등장한다. 10년 전『문학 속에 핀 꽃들』이라는 책을 출간할 때『토지』를 대표하는 꽃으로 해당화를 택했다. 능소화가 최참판댁을 상징하는 꽃이긴 하지만, 이 소설은 일본이 항복했다는 소식에 감격한 서희가 해당화 가지를 휘어잡고 주저앉는 장면으로 대미를 장식하기 때문이다.

양현은 별당으로 뛰어들었다. 서희는 투명하고 하얀 모시 치마 저고리를 입고 푸른 해당화 옆에 서서 하늘을 올려 다보고 있었다.

"어머니!"

양현은 입술을 떨었다. 몸도 떨렸다. 말이 쉬이 나오지 않는 것이다.

"어머니! 이, 이 일본이 항복을 했다 합니다!"

"뭐라 했느냐?"

"일본이, 일본이 말예요, 항복을, 천황이 방송을 했다 합니다."

서희는 해당화 가지를 휘어잡았다. 그리고 땅바닥에 주저앉았다.

"정말이냐…"

속삭이듯 물었다. 그 순간 서희는 자신을 휘감은 쇠사슬이 요란한 소리를 내며 땅에 떨어지는 것을 느꼈다. 다음 순간 모녀는 부둥켜안았다. (21권 394~395쪽)

서희가 인천 개인병원에서 근무하는 양현이를 데려와 평사리에서 함께 살고 있을 때 일이다. 8·15 즈음이면 해당화 꽃이 절정은 지났지만 한두 송이쯤은 남아 있는 때다. 이 장면에 대해 문학평론가 김윤식 서울대 명예교수는 생전 한 기고에서 "생각건대, 필시 최서희의 손바닥엔 피가 낭자하지 않았을까. 심한 통증도 잇따랐을 터"라며

해당화는 진한 분홍색 꽃잎에 노란 꽃술이 대조를 이루어 화려한 느낌을 준다.
꽃잎 끝이 오목하게 들어간 것이 특징이며 꽃향기도 좋다.

"이에 대해 작가는 냉담했소. 한마디 언급도 없었으니까"
라고 했다. 해당화 줄기에는 험상궂게 생긴 크고 작은 가
시가 많기 때문이다. 김 교수는 "이 결말 장면 탓이었을
까. 해당화를 대할 적마다 가슴이 베인 듯한 섬뜩함을 물
리치기 어려웠소"라고 덧붙였다.

　김 교수의 글을 읽고 해당화 가지를 유심히 살펴보았
다. 2센티미터 정도로 긴 가시가 불규칙하게 달려 있고
그보다는 짧지만 억세게 보이는 잔가시도 무수히 돋아나
있어 어디 한 군데 잡을 만한 곳이 보이지 않았다. 띄엄

해당화 가지에 2센티미터 가까운 긴 가시가 불규칙하게 달려 있고
그보다는 짧지만 억세게 보이는 잔가시도 무수히 돋아나 있다.

띄엄 붙어 있는 장미 가시와는 또 달랐다.

작가는 서희에게 왜 하필 해당화 가지를 잡고 주저앉
게 했을까. 작가가 해당화 가지에 가시가 많다는 것을 고
려하지 못했을 가능성도 없지 않다. 하지만 그보다는 서
희가 해방의 감격에 겨워 해당화 가지에 억센 가시가 가
득하다는 것도 잠시 잊을 정도였다고 보는 것이 더 타당
하지 않을까 싶다.

해당화는 마지막 부분 말고도 『토지』에 여러 번 등장
한다. 1권에서 간난할멈이 별당 뜰 연못가에서 풀을 뽑을

때 "해당화가 연방 피고 진다. 분홍 꽃잎이 마당 여기저기 흩어져 있었다"는 표현이 나온다. 어린 서희는 이 해당화 꽃잎을 주워 치마폭에 담으며 논다.

서희가 열네댓 살쯤 되었을 때, 조준구의 꼽추(척추 장애인) 아들 병수가 서희에게 연정을 품고 별당 담장 구멍으로 서희를 엿보다 길상에게 들키는 장면에도 해당화가 나온다.

병수는 오솔길 초입에서 오른편으로 걸음을 꺾었다.

(…) 담장을 따라 한참을 가면 담벽 흙이 조금 허물어진 곳에 돌과 돌이 맞물린 사이에 조그만 구멍이 하나 있었다. 그 구멍에 눈을 바짝 들이대면 그곳은 별당의 뜨락이었다. 병수는 잠시 동안 망설이다가 그 구멍에 눈을 갖다 댄다. 해당화 잎들이 아랫도리를 가렸으나 별당 전부가 환하게 눈에 들어왔다. 대청 양켠에 각각 딸려 있는 것이 별당이었다. 툇마루가 붙은 큰방이 서희의 거처방이었다. (…) 병수에 비하면 거인같이 큰 길상이 어두운 눈빛으로 내려다보았다. 사색이 되었던 병수 얼굴에 핏기가 돌아왔다. 그 핏기는 얼굴에서 목덜미까지 번져서, 봄을 알기에는 아직 부드럽고 연약한 살갗이 해당화 꽃잎으로 물들었

다. (21권 99~102쪽)

경남 하동군은 『토지』의 무대인 평사리에 최참판댁을 재현하면서 당연히 별당 담장가에 해당화도 심었다. 필자가 최참판댁에 갔을 때는 초가을이라 이미 해당화 꽃은 지고 없었다. 옆의 사진은 하동군에서 얻은 것이다. 무성한 잎 사이로 붉은 해당화가 전통 한옥 구조의 별당과 별당 앞 연못과 어우러져 조화를 이루고 있다. 더구나 척추 장애인 병수가 담장 구멍으로 바라본 구도 그대로, "해당화 잎이 아랫도리를 가렸으나 별당 전부가 환하게 눈에 들어오는" 각도였다. 사진을 찍은 분이 『토지』 내용을 완벽하게 이해한 분 같다. 유홍준의 『나의 문화유산답사기』 제6권의 부제대로, '인생도처유상수'人生到處有上手였다. 우리 삶 속에는 가는 곳마다 숨은 고수가 있다는 뜻이다.

해당화海棠花는 산기슭에도 피지만, 탁 트인 바닷가 모래밭에서 시원한 바닷바람을 맞으며 태양 아래에서 피기를 좋아한다. 특히 흰 모래 위에 피어나는 붉은 해당화를 '꽃 중의 신선'이라 했다. 동해안과 서해안 바닷가라면 대개 볼 수 있지만 가장 유명한 것이 강원도 원산 명사십

경남 하동군 최참판댁 별당 해당화. 『토지』에 나오는 그대로 "해당화 잎이
아랫도리를 가렸으나 별당 전부가 환하게 눈에 들어오는" 구도다.

©하동군

태안반도 삼봉해변에서 본 해당화. 해당화는 산기슭에서도 자라지만
이처럼 바닷가 모래밭에서 필 때 더 운치 있다.

리 해당화다. 휴전선 이북 강원도 통천이 고향인 고故 정
주영 현대그룹 회장은 회고록에서 "고향에 있는 송전 해
수욕장에 명사십리 해당화보다 더 화려한 해당화가 피었
다"고 자랑했다.

　해당화는 사랑의 꽃이기도 하다. "해당화 피고 지는 섬
마을에/철새 따라 찾아온 총각선생님/열아홉 살 섬색시
가 순정을 바쳐/사랑한 그 이름은 총각선생님"으로 시
작하는 이미자의 노래 「섬마을 선생님」을 보아도 알 수
있다.

심훈 소설『상록수』에서도 영신이 동혁과 장래를 약속하는 장면에서 해당화가 나온다. 해당화가 필 즈음 밤 바닷가에서 동혁이 영신의 손등에 키스하자 영신은 떨리는 목소리로 "참, 이 바닷가엔 왜 해당화가 없을까요?"라고 딴전을 부리며 살그머니 손을 빼려 한다. 그러나 동혁은 영신을 포옹하며 "해당화는 지금 이 가슴속에서 새빨갛게 피지 않았어요?"라고 사랑을 고백하는 장면이 있다.

　이런 해당화가『토지』에 반복적으로 나오는 이유는 무엇일까. 그만큼 해당화가 우리 가까이에 있었기 때문일 것이다. "해당화가 붉게 핀 바닷가에서"로 시작하는 동요도 어린 시절 많이 들은 노래다.

　해당화가 해방의 의미를 담고 있기 때문인 점도 간과할 수 없을 것이다.『토지』는 1897년 시작해 일제강점기 민족의 수난을 고발하면서 해방을 향해 달리는 소설이다. 한용운의 시「해당화」는 "당신은 해당화 피기 전에 오신다고 하였습니다/봄은 벌써 늦었습니다"로 시작하는데, 해당화에 해방의 염원을 담았다. 이인성의 그림「해당화」는 바닷가를 배경으로 두 소녀와 엄마인 듯한 여인이 붉은 해당화를 둘러싸고 있는데, 해방 직전인 1944년에 그린 것이다. 멀리 먹구름 사이로 햇살이 비친

이인성의 「해당화」는 한용운의 시 「해당화」에서 영감을 받아 그린 것으로,
해당화에 해방의 염원을 담았다고 한다.

다. 한 전시회에서 이 그림을 본 적이 있다. 한용운의 시 「해당화」에서 영감을 받아 그린 것으로, 일제강점기 말에 해방이 멀지 않았음을 상징하는 장면이라는 것이 전시 해설사의 설명이었다.

해당화를 보고 싶다면 어디로 가야 할까. 5~6월 동해안과 서해안에 가면 어렵지 않게 해당화를 볼 수 있지만, 국립공원관리공단이 몇 년 전에 공개한 전국 국립공원 야생화 일람표에 따르면 다도해해상국립공원 신안 도초도 시목탐방로는 5월 중에, 태안해안국립공원 삼봉과 기지포 해안은 5월 말에 해당화가 만발한다고 했다. 해당화는 꼭 보고 싶은데 서울을 벗어날 수 없다면 5월에 서울 경복궁, 남산 야생화공원에서도 어여쁜 해당화를 볼 수 있다.

해당화는 꽃과 열매가 아름답고 향기로워서 집 마당에 심어도 손색이 없다. 건조한 날씨나 해풍은 물론 영하 40도의 겨울 기온에도 견딜 수 있을 정도여서 볕만 잘 들면 별다른 관리가 필요없는 식물이다. 그래도 역시 해당화는 바닷가에서 감상하는 것이 제맛이다. 동해 또는 서해의 푸른 바다, 흰 모래를 배경으로 핀 붉은 해당화를 보면서 사나운 가시도 잊고 가지를 휘어잡은 서희의 감격을 떠올려보는 것도 좋을 것이다.

해당화, 찔레꽃, 장미

해당화는 모래땅과 같이 물 빠짐이 좋고 햇볕을 많이 받는 곳에서 자란다. 찔레꽃과 함께 대표적인 장미과 식물이라 잎과 꽃이 장미와 매우 비슷하다. 진한 분홍색 꽃잎에 노란 꽃술이 대조를 이루어 화려한 느낌을 준다. 아주 빨갛지도 연하지도 않은 소박한 붉은색을 띤다. 꽃잎 끝이 오목하게 들어간 것이 특징이다. 5~7월에 꽃이 피는데 향기가 좋아 옛날부터 화장품 향료로 사용했다. 바람 부는 곳을 향하면 장미향보다 더 은은한 향이 난다.

찔레꽃은 해당화와 비슷하게 생겼지만 흰색으로 색깔이 다르다. 향기도 아주 좋다. 그래서 "찔레꽃 붉게 피는 남쪽 나라 내 고향"으로 시작하는 노래에 나오는 찔레꽃은 해당화를 잘못 알았을 것이라고 보는 사람들이 많다. 찔레꽃은 볕이 잘 드는 산기슭이나 골짜기에서 자라고, 5월에 서울 근교 산에서도 흔히 볼 수 있다.

해당화와 찔레꽃은 전 세계인이 좋아하고 가꾸는 꽃인 장미의 할아버지뻘이다. 전 세계 수많은 사람들이 오랜 세월에 걸쳐 야생 장미를 개량해 온갖 품종을 만들었

찔레꽃은 산기슭 양지바른 곳에서 흔히 볼 수 있다. 꽃송이 가운데에 노란색 꽃술이 촘촘하게 달려 있다.

다. 하나같이 꽃이 아름답고 향기가 진하다. 장미는 우리 나라 국민들이 가장 좋아하는 꽃으로 한국갤럽 조사에서 1982년 이후 40년 가까이 부동의 1위를 내주지 않고 있 다. 가장 최근인 2019년 조사에서 국민의 32퍼센트가 장 미를 가장 좋아하는 꽃으로 꼽았다. 그다음은 벚꽃, 안개 꽃, 국화, 튤립 순이었다.

최참판댁 사람들의 꽃

최참판댁을 상징하는 꽃
능소화

최참판댁 담을 타고 피는 꽃

『토지』에서 능소화가 차지하는 비중은 상당하다. 우선 능소화는 최참판댁 상징과 같은 꽃이다. 능소화는 상민들이 근접할 수 없는 '양반꽃'이었다. 평민집에서 능소화를 심으면 관아에 불려가 곤장을 맞았다는 얘기도 있다. 지금도 한여름 전통적인 양반 동네였던 서울 북촌에 가면 이집 저집 담장에 능소화가 만발해 있는 것을 볼 수 있다.

2022년 늦여름 하동 최참판댁에 갔을 때 최치수가 거주한 사랑 담장엔 소설처럼 능소화가 피어 있었다. 사랑 대청마루에 앉으니 능소화 너머로 너른 평사리 들판이 한눈에 보였다.

최치수는 최참판댁의 당주이자 서희의 아버지다. 최치

수는 어릴 적 어머니 사랑을 못 받아 신경질적이고 성격이 괴팍하다. 서희가 공포심을 느끼며 문안 인사 가기를 싫어할 정도였다. 왜 사랑을 받지 못했을까. 그건 최참판 댁 머슴으로 들어온 구천이의 출생 비밀과 관련이 있다. 구천이가 최치수의 어머니 윤씨부인이 남몰래 낳은 아들이라는 것은 몇몇 사람만이 아는 비밀이었다. 그러니까 치수와 구천이는 아버지가 다른 이부異父형제였다. 윤씨부인은 그 죄책감에 치수를 외면하면서 사랑을 주지 못했다.

치수는 어머니 일을 명확히 알지는 못했지만 여러 정황으로 의혹은 갖고 있었다. 그런데 능소화가 핀 어느날, 최치수는 담장에서 구천이와 마주쳤고 "어디서 많이 본 얼굴"인 것 같다고 느낀다.

미색인가 하면 연분홍 빛깔로도 보이는 능소화가 한창 피어 있는 유월, 담장 밖이었다. 비가 걷힌 돌담장은 이끼 빛깔로 파아랗게 보이었다. 담장을 기대고 아무렇게나 피어 있는 능소화, 치수는 초당에서 내려오다가 구천이를 보았다. 그는 넋을 잃고 서 있었다. 치수가 가까이까지 갔을 때도 인적기를 모르는 듯 능소화 옆에 서 있었다. 아주 바싹 가까이 갔을 적에 느릿한 시선을 치수에게 돌리었다. 치수의 가슴이 마냥 떨리었다. 그 같은 얼굴을 몇 번인가 보았었다. 그럴 때마다 치수는 가슴이 떨리었다. (…)

"어디서 많이 본 얼굴 같군. 누굴 닮았을꼬…?"(2권 161쪽)

동복동생이니 어머니든 자기 자신이든 닮은 데가 많았을 것이다. 그런데 당시 구천이는 형수인 별당아씨와 사랑에 빠져 있었다. 아버지가 다르지만 형님의 여자를 사랑할 때 구천이는 얼마나 갈등이 심했을까. 구천이의 갈등이 최고조에 올랐을 때 능소화가 나오는 것이다.

윤씨부인이 이 사실을 알고 구천이와 별당아씨를 고방에 가두지만 그날 밤 누군가 문을 열어주어 두 사람은 지리산으로 도주할 수 있었다. 그 와중에 고방 문을 열어줄 사람은 윤씨부인밖에 없었을 것이다.

최치수는 침묵으로 일관하다 강포수와 수동이를 거느리고 총을 들고 지리산으로 향한다. 윤씨부인은 두 아들의 목숨을 건 대립에 가슴이 타들어갔을 것이다. 환이(구천이)는 큰아버지 우관스님의 도움으로 최치수를 가까스

『토지』엔 최참판댁 담장에 능소화가 피는 것으로 나온다.

로 피할 수 있었지만 별당아씨는 병으로 죽는다. 이런 사
연이 있는지라 나중에 환이가 최참판댁을 떠올릴 때마다
능소화가 등장한다.

> 환이 눈앞에 별안간 능소화꽃이 떠오른다. 능소화가 피어
> 있는 최참판댁 담장이 떠오른다. 비가 걷힌 뒤의 돌담장
> 에는 이끼가 파랗게 살아나 있다. (4권 272쪽)

환이뿐만이 아니다. 최참판댁 능소화가 인상적이었는
지 다른 등장인물들도 최참판댁을 회상할 때 능소화를

떠올린다. 이동진은 최치수의 친구다. 나라가 망하는데 사랑에 앉아 세월을 보내는 최치수와 달리 연해주로 가서 독립운동을 하는 인물이다. 이동진이 연해주로 떠나기 전 최치수를 방문할 때 능소화가 나온다.

그 난이 지나간 뒤, 그러니까 칠월이었던가, 몹시 무더운 날이었다. 강가에서는 바람 한 점 불어오지 않았고 시원하다고 하는 초당의 문을 활짝활짝 열어젖혔어도 치수의 이마에서는 땀이 흘렀다. 이때 능소화의 줄기가 얽혀 있는 돌층계를 밟으며 이동진이 찾아왔다. (2권 158쪽)

나중에 이동진이 연해주에서 조국을 생각할 때 "능소화가 담장 옆에 피어 있던 최참판댁 사랑"을 떠올린다.
이동진뿐 아니라 용이가 용정에서 서희를 만나고 돌아갈 때도 담장길을 걷다가 최참판댁 담을 타고 피는 능소화를 생각하는 장면이 있다.

용이는 문득 옛날 최참판댁 담장을 생각한다. 치수 도령에게 까닭 없이 매를 맞고 능소화가 흐드러지게 핀 긴 담장 옆을 울면서 가던 어린 소년의 모습이. 능소화보다 짙

은 놀이 하늘과 강물을 미친 듯이 불태우던, 마치 엊그제처럼 생생히 떠오른다. (5권 380쪽)

이처럼 능소화는 소설에서 대여섯 번이나 화려하게 피고 있다. 이 글을 준비하면서 고 김윤식 서울대 교수가 쓴 『박경리와 토지』를 읽다가 『토지』에서 반복해 나오는 '뻐꾸기 울음'과 함께 능소화에 주목한 것을 보았다.

최서희나 봉순이 또는 원한에 사무친 인물들이 절체절명의 고비에 놓일 때마다 정체 모를 지리산 뻐꾸기 소리는 영혼을 흔들고 있었다. 절망에 부딪힐 때마다 최참판댁 별당 앞에 핀 능소화의 꿈같은 아름다움이 혼백을 함께 일깨우고 있었다. 이 울림과 빛깔이 하도 크고 깊고 웅혼하여 이동진의 독립운동도, 귀족 조씨 가문의 재산 문제도, 최서희와 공노인의 재산 모으기도, 이상현의 지식인다운 고민도, 그리고 임명빈과 그 누이 임명희의 근대교육의 이념도 상대적으로 빛이 바래지는 형국이다.

김 교수도 주목했듯이 능소화는 『토지』에서 문제적 꽃임에 틀림없다. 최치수와 관련해 꼭 소개해야 할 것이

하나 더 있다. 박경리는 자신이 『토지』 등장인물 중 최치수와 닮았다고 말한 적이 있다는 것이다. 『동아일보』 1994년 8월 25일자 문화면엔 『토지』 25년 집필 마감 인터뷰가 실렸다. 이 인터뷰에서 기자가 "숱한 등장인물 중 작가 자신은 누구와 닮았습니까"라고 묻자 최치수라고 대답했다. "자기 존엄성에 상처를 받으면 광적으로 못 견디며 결코 잊지 않는 점에서 비슷하다"는 점을 이유로 들었다. 김형국 서울대 명예교수의 저서 『박경리 이야기』에서 이런 내용을 보고 흥미를 느껴 당시 『동아일보』 지면을 찾아보았다. 하지만 아쉽게도 딱 그 대목만 있고 더 자세한 내용은 없었다.

하늘 높이 오르는 꽃

능소화는 중국이 원산이지만 오래전부터 심어 가꾸어 우리 것과 같은 느낌을 주는 꽃이다. 흡착근을 갖고 있어서 고목, 담장이나 벽을 잘 타고 10미터까지 올라간다. 나무 껍질은 회갈색으로 길이 방향으로 잘 벗겨져 줄기가 좀 지저분해 보인다. 꽃은 7~9월 장마철에 피는데, 질 때는 꽃잎 그대로 뚝 떨어지는 것이 특징이다. 그래서 한여름 능소화가 핀 담장 밑에는 핀 꽃보다 많은 능소화 꽃

능소화는 7~9월 한여름에 피는 꽃이다. 질 때 꽃잎 그대로
뚝 떨어지는 것이 특징이다.

잎들이 주황색 바다를 이룬다. 담장이나 벽을 타고 올라
가는 능소화도 괜찮지만, 고목을 타고 올라가는 능소화
가 가장 능소화다운 것 같다.

최근에는 우리 주변에서도 쉽게 능소화를 볼 수 있다.
경부고속도로, 서울 강변북로와 올림픽대로의 방음벽이
나 방벽을 타고 올라가며 여름에 주황색 꽃을 피우는 식
물이 바로 능소화다. 서울 남부터미널 외벽에도 수십 그
루의 능소화를 심어 여름에는 주황색 능소화 군락을 이
룬다. 요즘 길거리에서 흔히 볼 수 있어서 꽃을 잘 모르

는 사람도 꽃 이름을 알려주면 "아, 이 꽃이 능소화구나!" 라는 말이 절로 나올 것이다.

박완서의 소설 『아주 오래된 농담』에서도 능소화가 매우 강렬한 이미지로 나온다. 이 소설의 주인공 심영빈은 40대 중반의 성공한 의사다. 영빈이 30여 년 만에 초등학교 동창 유현금을 만나 바람을 피우는 것이 이 소설의 기본 뼈대다. 어린 시절 현금은 이층집에 살았는데, 여름이면 이층 베란다를 받치는 기둥을 타고 능소화가 극성맞게 기어올라와 난간을 온통 노을 빛깔로 뒤덮었다.

그 무렵 그는 곧잘 능소화를 타고 이층집 베란다로 기어오르는 꿈을 꾸었다. 꿈속의 창문은 검고 깊은 심연이었다. 꿈속에서도 그는 심연에 다다르지 못했다. 흐드러진 능소화가 무수한 분홍빛 혀가 되어 그의 몸 도처에 사정없이 끈끈한 도장을 찍으면 그는 그만 전신이 뿌리째 흔들리는 야릇한 쾌감으로 줄기를 놓치고 밑으로 추락하면서 깨어났다.

현금도 어린 시절을 회상하면서 능소화에 대해 이런 얘기를 하는 대목이 나온다.

서울 홍릉숲에서 고목을
타고 올라가며 핀 능소화.

"능소화가 만발했을 때 베란다에 서면 마치 내가 마녀가 된 것 같았어. 발밑에서 장작더미가 활활 타오르면서 불꽃이 온몸을 핥는 것 같아서 황홀해지곤 했지."

박완서의 능소화 묘사는 화려하기 이를 데 없다. "무수한 분홍빛 혀"가 되기도 하고, "장작더미에서 활활 타오르는 불꽃"이 되기도 한다. 이처럼 이 소설에서 능소화는 여주인공 현금처럼 '팜므파탈' 이미지를 갖는 화려한 꽃으로 등장한다.

서울대 김윤식 교수도 『내가 읽은 박완서』에서 이 소설을 평하면서 "능소화를 인간으로 바꾸어 이름을 현금이라 한 것은 소설적 방편에 지나지 않는다. 능소화는 현금이고 돈이고 자본주의에 더도 덜도 아니었다"고 했다. 김 교수는 나아가 "능소화가 부리는 조화에 모든 사건성이 허깨비 모양 출렁거리는 소설"이라고 말할 정도였다. 박경리와 박완서, 두 여성 거장이 모두 능소화를 좋아한 것 같다. 그 결과 우리 문학에 능소화에 대한 다양한 문학적 빛깔과 표현이 등장하는 것이다.

미국능소화는 진한 붉은색이고 꽃받침도 붉은색이다.
꽃통이 길쭉하고 꽃이 가지 끝에 모여 달린다.

능소화와 미국능소화의 딸, 마담갈렌능소화

능소화는 꽃이 주황색이고 꽃받침은 녹색이다. 또 꽃통이 짧은 편이고 꽃차례가 길게 늘어져서 원추꽃차례를 이룬다. 그런데 능소화를 많이 심으면서 기존 능소화와 좀 다른 능소화들도 보이기 시작했다.

우선 미국능소화가 적지 않은데, 이 꽃은 진한 붉은색이고 꽃받침도 붉은색이다. 꽃통도 훨씬 길쭉하고 꽃이 가지 끝에 모여 달린다. 낯설어 그런지 몰라도 마치 값싼 붉은 립스틱을 잔뜩 바른 것 같다. 그래서 기왕 심을 거

마담갈렌능소화는 능소화와 미국능소화의 교잡종이다.
꽃이 붉은색이고 꽃받침은 노란색이다.

면 미국능소화가 아닌 우리 능소화를 심으면 좋겠다는 의견이 많았다.

그런데 어느 날부터 능소화와 미국능소화 중간쯤인 능소화도 늘어나기 시작했다. 꽃은 붉은색이면서 꽃받침은 노란색인 능소화였다. 처음엔 뭔지 몰라서 그냥 꽃 이름을 얼버무리거나 능소화와 미국능소화 중 하나겠지 하고 넘어갔다.

최근 이 꽃의 성체가 밝혀졌다. 이 꽃은 능소화와 미국능소화의 교잡종인 나팔능소화 '마담 게일런'Madame

Galen이다. 교잡종이라 꽃 크기도, 색깔도, 꽃받침도 딱 둘의 중간쯤이다. 가지 끝에 꽃이 모여 달린 것은 미국능소화를 닮았다. 이름은 국가표준식물목록에서 "나팔능소화 '마담 게일런'"을 추천명으로 올려놓았는데, 너무 길어서 이렇게 쓰기는 어려울 것 같다. 꽃 이름을 알려주는 앱 '모야모'에 마담갈렌능소화라는 이름이 있고 인터넷에서 이 이름이 많이 쓰이는 것 같다. 이탈리아의 한 형제가 교잡해 만들었다는데, 왜 품종명을 '마담 게일런'으로 붙였는지 궁금하다.

정리해보면, 능소화 종류 중에서 꽃이 연한 주황색이고 꽃받침이 녹색이면 그냥 능소화, 꽃이 진한 붉은색이고 꽃받침이 붉은색이면 미국능소화, 꽃이 붉은색이고 꽃받침이 노란색이면 둘의 교잡종인 마담갈렌능소화다. 이것도 복잡하면 꽃받침 색깔만으로 구분해도 문제 없을 것 같다.

길상이, 파초같이 품이 넓은 남자

파초

석산, 길상이의 청소년기 상징

김길상은 소설 『토지』의 남자 주인공이다. 고아 출신으로 구례 연곡사 우관스님 아래서 자라다가 최참판댁에 심부름꾼으로 들어온다. 길상이는 최참판댁 몰락 과정에서 서희를 끝까지 보호하고, 용정에서도 서희가 막대한 부를 축적하고 평사리 땅을 되찾는 데 결정적인 기여를 하는 인물이다. 길상이라는 충직한 아랫사람 없이 서희 혼자서 이런 일을 해낸다는 것은 상상하기 어려울 만큼 길상의 역할은 절대적이다. 길상이가 처음 최참판댁에 온 날, 그의 눈에 보인 것은 석산이었다.

길상은 구례求禮 연곡사燕谷寺에서 온 아이였다.

"저놈 상호를 보아하니 중 될 놈은 아닌 듯싶소이다. 돌

석산은 초가을에 진한 붉은색으로 피는 꽃이다. 꽃이 필 때는 잎이 없고 잎이 있을 때는 꽃을 볼 수 없다. 상사화의 한 종류로, 꽃무릇이라고도 부른다.

보아주시는 것도 공덕이 될 것이오."

연곡사 우관牛觀스님이 절에 온 윤씨부인에게 말했던 것이다. (…)

구천이보다 몇 달 앞서, 윤씨부인이 탄 가마를 따라 최 참판댁에 왔을 적에 사랑의 뜰에는 철보다 앞서 분홍빛 석산화石蒜花가 흐드러지게 피어 있었다. 길상이는, 서방님의 눈은 노스님의 눈보다 더 무섭다고 생각했다. (1권 141쪽)

상사화는 봄에 나온 잎이 마른 후 8월쯤 꽃대가 올라와 연분홍색 꽃송이가 4~8개
달린다. 잎과 꽃이 서로 만나지 못해 그리워한다고 해서 꽃 이름이 상사화다.

작가가 길상이를 처음 소개하면서 수많은 꽃 중 석산
을 함께 등장시킨 것은 나름 이유가 있을 것이다. 석산은
상사화의 한 종류다. 석산과 상사화는 꽃이 필 때는 잎이
없고, 잎이 있을 때는 꽃을 볼 수 없는 특이한 식물이다.
그래서 그리움의 꽃이다. 또 석산에서 나오는 녹말을 탱
화 그리는 데 쓰기 때문에 사찰 주변에 많이 심는다. 고
아 출신인 데다 절에서 온 길상이의 청소년기를 상징하
는 꽃으로 안성맞춤이다.

상사화의 경우 봄에는 잎만 나와 영양분을 알뿌리에

저장해놓고 6~7월쯤 마른다. 잎이 지고 난 8월쯤 꽃대가 올라와 연분홍색 꽃송이가 4~8개 정도 달린다. 그래서 잎과 꽃이 서로 만나지 못해 그리워한다고 해서 꽃 이름이 상사화相思花다. 아쉽게도 우리나라에서 살아가는 상사화는 결실을 맺지 못한다. 우리가 보는 상사화 꽃들은 사람들이 알뿌리를 쪼개 심어준 것이다. 여러 가지로 마음을 짠하게 하는 상사화 이야기다.

상사화가 질 무렵, 그러니까 초가을에 상사화와 비슷한 모양에 진한 붉은색으로 피는 꽃이 있다. 이 꽃이 석산으로, 꽃무릇이라고도 부른다. 일부에서 상사화라고도 부르는데 상사화가 따로 있으니 제 이름이 아니다. 석산을 '붉은 상사화'라고 부르면 그나마 괜찮을 것 같다.

석산도 잎과 꽃이 동시에 피지 않는 점은 상사화와 같다. 봄에 새잎이 나는 상사화와 달리, 석산은 가을에 돋아난 새잎으로 겨울을 나는 식물이다. 석산은 사찰 주변에 많이 심는다. 영광 불갑사, 고창 선운사 등이 석산 군락으로 유명하다. 길상이가 나중에 독립운동을 하고 감옥 생활을 하느라 가족들과 헤어져 있는 시간이 길다는 걸 생각하면 길상이의 꽃으로 석산은 잘 어울리는 것 같다.

품이 넓은 길상이와 잘 어울리는 파초

 길상이는 관수 등 평사리 젊은이들과 어울리며 건강하고 잘생긴 청년으로 성장해간다. 최참판댁 하인 삼수가 봉기의 딸 두리를 강제로 겁탈했을 때 갈등을 풀어가는 과정을 보면 문제 해결력이 있고 사람에 대한 존중심도 있는 듬직한 청년이다.

 잘생긴 길상이에게 여러 여성이 관심을 갖는다. 어려서 함께 자란 침모의 딸 봉순이도 그중 하나였다. 길상이도 봉순이를 싫어하지 않고 봉순이가 자신을 좋아한다는 것을 알지만 봉순이와 거리를 둔다. 잘 어울리는 한쌍인데 길상이는 왜 그랬을까. 소설 내내 길상이의 서희에 대한 마음이 명확하게 드러나지는 않는다. 하지만 그것은 서희에 대한 연민과 충성심, 연모의 정이 섞인 감정이 아닐까 싶다. 길상이의 마음을 눈치챈 봉순이는 서희 일행이 용정으로 떠날 때 합류하지 않는다. 이후 길상은 봉순에 대한 그리움과 죄의식을 갖고 살아간다.

 마침내 서희가 길상과 결혼 의사를 드러낼 때, 길상은 서희가 원하는 것이라면 무엇이든 다 해주고 싶었지만 그것만은 바로 받아들일 수 없었다. 소설은 "자존심 따위, 사내로서의 오기 따위 그런 것으로는 설명이 되지 않왔다. 사랑의 순결 때문이다. 순결을 지키고 싶은 때문"이라고 설명했다. 하지만 마차가 뒤집혀 서희가 크게 다치는 것을 계기로 두 사람은 혼인에 이른다.

길상이가 간도에서 서희의 남편 역할만 하는 것은 아니다. 길상이는 용정에서 독립운동에 투신한 송장환을 만나 새로운 자각에 이른다. 서희가 두 아들과 함께 귀국할 때 동행하지 않고 간도에 잔류하면서 독립운동에 투신한 것도 이 때문이었다. 결국 그는 일제가 얽은 계명회 사건으로 용정에서 서울로 끌려와 2년간 옥고를 치른다.

길상이는 서희와 사이에 환국이와 윤국이 두 아들을 두지만 서희와 부부의 정을 느끼지는 못하는 것 같다. 서희 일행이 귀국할 때 간도에 남은 것에 그 이유도 없지 않았다. 하지만 서희나 두 아들에게 길상은 절대적인 존재이자 그리움의 대상이다. 윤국이가 옥고를 치르는 길상이를 기다리며 그리워하는 장면에 파초가 나온다.

'한 달 후에는 아버지가 오신다.'

책상에 턱을 고이고 윤국은 뜰의 파초를 바라본다. 가슴이 띤나. 고통스러움이 맴을 논다. 핏줄이 터질 것만 같아서 애써 생각 밖으로 밀어내기만 했었던 아버지. 그가 한

해남 대흥사 파초. 파초는 바나나 비슷하게 생긴 식물로, 온대성이지만
영하 10~12도까지 견뎌 예로부터 남부 지방 사찰이나 정원에 심어 가꾸었다.

달 후면 돌아오는 것이다.

'한 달 후.'

앉은 자리에서 튕겨 저 섬진강 모래밭에 물구나무를 서고
싶은 충동, 우람한 두 손이 목을 졸라대는 것 같은 느낌,
기쁨인지 슬픔인지 알 수 없고 안정이 안 된다. 파초잎에
서 물방울이 굴러떨어진다. 조금 전에 비 한줄기가 쏟아
졌던 것이다. (14권 242~243쪽)

최참판댁 사랑 앞뜰에 있는 이 파초는 소설 1~2부에서도 몇 번 나온다. "잎을 추려버린 파초 역시 누릿누릿 시들고 있는 것 같았다" "준구는 마루에 오르지 않고 파초 그늘 밑에 서 있다가 모자를 벗고 순수건으로 얼굴을 닦는다" 같은 식이다. 길상이가 출옥 후 평사리로 돌아와 오랜만에 자식들과 만날 때에도 파초가 등장하는 장면이 있다.

절을 하고 나서 모두 자리에 앉았다. 아침나절 한줄기 소나기를 뿌리더니 하늘은 씻긴 듯 맑았다. 사랑 마당의 파초에는 아직 물방울이 맺혀 있었다.
"양현이는 어때? 공부는 잘했느냐?"
길상이 물었다.
"못했습니다. 아버님."
모시 적삼에 짙은 남빛 통치마를 입은 양현은 얼굴을 붉히며 말했다. (16권 147쪽)

길상이 나올 때 파초가 등장하는 경우가 많은 것을 보면 작가가 의노석으로 파조와 길상이를 연결해놓았을 가능성이 있다. 파초는 사람들이 햇빛이나 비를 피할 수 있을 정도로 잎이 넓다. 넓은 품으로 사람들을 포용하는 길상이 성격에 잘 어울리는 것 같다. 파초는 조선 후기 사대부들이 좋아해서 남부 지방 정원에 심어 가꾸었고 서화로도 많이 남겼다. 여기에다 탈속脫俗을 상징하기도 해서 사찰에 심는 경우가 많았다. 절에서 온 데다 관음탱화를 그린 길상이와 잘 어울린다.

작가는 어린 시절 파초와 친숙

파초는 바나나 비슷하게 생겼다. 김동명의 시 「파초」에는 "조국을 언제 떠났노/파초의 꿈은 가련하다/(…)/너의 그 드리운 치맛자락으로/우리의 겨울을 가리우자"라는 대목이 있다. 바나나와 속屬까지 같은 식물로, 온대성이지만 영하 10~12도 정도까지 견뎌 예부터 남부 지방 사찰이나 정원에서도 심어 가꾸었다. 국내 자생종은 아니고 중국에서 도입한 식물이다.

반면 바나나는 열대·아열대 지방에서 재배하는 식물로, 영상 5도 이하로 내려가면 피해를 입기 때문에 우리나라와 같이 서리가 내리는 온대 지역에서는 노지 생육이 불가능하다. 일부 농가에서 온실에서 가꾸긴 하지만, 일반인들은 식물원 온실에나 가야 볼 수 있다. 반면 동남

바나나는 우리나라와 같이 서리가 내리는 지역에서는 노지 생육이 불가능하다.
파초는 포엽이 황색이지만 바나나는 짙은 자주색이다.

아 등 열대·아열대 지방을 여행하다 보면 어렵지 않게
볼 수 있다.

바나나와 파초는 어떻게 구분할 수 있을까. 파초는 바
나나에 비해 열매를 잘 맺지 못하고 열매가 열려도 크기
가 5~10센티미터로 작다. 바나나 잎 뒷면에서는 분 같은
흰 가루가 묻어나지만 파초 잎은 그렇지 않은 점 등으로
구분할 수 있다. 꽃이 피면 포엽*의 색깔로 구분할 수 있

* 꽃대의 밑에 있는 비늘 모양의 잎.

다. 파초의 포엽은 황색이지만 바나나의 포엽은 일반적으로 짙은 자주색이다.

김형국 서울대 명예교수가 쓴 책 『박경리 이야기』를 읽다가 작가가 어린 시절 파초와 친숙했다는 것을 알았다. 이 책에서 인용한 박경리의 시 「어머니의 모습」을 보면 통영 간창골에 작가 어머니가 친정처럼 의지하고 산 6촌 친척집이 있었다. 작가에게도 그 댁의 영향은 지대한 것이었다. 그 댁엔 파초가 여러 그루 있었다고 한다. 작가가 어려서 이 '간창골 아저씨' 집을 드나들면서 파초를 자주 접했기에 소설에도 넣을 수 있었다고 봐도 무방할 것 같다.

서희가 용정에서 귀국해 진주에 정착한 3부 이후에는 서희를 돕는 길상의 역할은 현저히 줄어들고 대신 장연학이 집사 역할을 맡는다. 감옥에서 나온 길상은 진주에 은둔하며 동학당 조직을 재건하려 하나 일제의 감시가 심해 좌절을 겪는다. 대신 길상이는 지리산 도솔암에 관음탱화를 조성하는 데 온 힘을 기울인다. 수많은 초화를 그리는 등 원력願力을 모은 끝에 마침내 관음탱화를 완성한다. 태평양 전쟁이 발발하자, 길상은 일제의 예비 검속에 걸려 수감 상태에서 해방을 맞는다.

길상이를 종합적으로 잘 보여주는 것은 임명희의 오빠로 영화학교 교장인 임명빈의 평가다.

"출신 신분과도 다르고 활동을 한 행적과도 다르고, 학식이 있다는 것은 들어서 알고 있지만 뭐랄까? 인간의 존엄성이라 할까, 범치 못할 그 무엇이 있는 것 같더군. 그분의 신분을 생각한다면 납득하기 어려운 부분이야. 말수도 적은 편인데 그 말도 아주 절제된 것이라고나 할까? 그런 모든 것이 생래적인 것인지 아니면 인생 역정에서 갈고 다듬어진 것인지 알 수 없지만 여하튼 사람의 인연이란 참 신비스럽다는 생각을 했지. 신분이 극과 극인데도 불구하고 그렇게 어울리는 한 쌍의 부부도 세상에 그리 흔치는 않을 게야." (19권 332쪽)

길상의 큰아들 환국은 "신분의 흔적을 느끼게 하는 비굴함을 한 번도 본 일이 없다"는 점에서 아들로서 자랑스러워했다. 하지만 정작 작가는 2004년 KBS 인터뷰에서 "길상이라는 인물한테는 내가 욕심을 가졌기 때문에 길상이라는 인물이 실패를 했나"고 고백했다. 길상이를 잘 그리려는 욕심 때문에 오히려 현실성 있게 그리는 데 실패했다는 뜻으로 읽혔다. 1994년 『작가세계』 가을호 인터뷰에서도 "길상은 내가 의도했던 인물이었으나 그다지 성공적인 것 같지 않아 어쩐지 어쭙잖다"라고 했다.

김윤식 서울대 명예교수는 책 『박경리와 토지』에서 "『토지』 전체를 통해 무수히 울리는 양반과 그 상놈의 결혼이 갖는 의의라든가 상놈 콤플렉스에서 벗어나기 위한 몸부림으로 김길상이 독립군에 가담하고자 하는 어설픈 행위 따위란, 재산과 가문을 지키고자 친일파 행세하는 최서희의 현실주의에 비하면 실로 유아기적 사유에 지나지 않는다"고 했다. 김 교수는 "김길상이 도솔암에 들고 거기에 금어 출신 혜관의 제자답게 관음상 탱화를 그린다는 것도 지리산과 불교를 내세우기 위한 작가의 한낱 보조선에 지나지 않는다"고 했다.

박경리 작가의 고백이나 김 교수의 비판은 문학적인 캐릭터로서 완결성을 의미할 것이고, 이와 무관하게 길상은 멋진 남자인 것 같다. 그런 길상이가 석산 또는 파초와 같은 삶을 살았다고 해도 크게 틀리지 않을 것이다.

석류 빛깔 다홍치마 입고 싶다는 봉순네

석류꽃

봉순이와 서희의 어머니 역할

어릴 적 고향 고모네 집 뒤뜰에는 제법 큰 석류나무가 있었다. 여름에 붉은색과 노란색이 묘하게 섞인 석류꽃이 피고, 꽃이 진 다음에는 열매가 커지기 시작했다. 주먹만 해져서 붉은색을 띠기 시작하면 신 석류맛이 생각나 따고 싶은 마음도 덩달아 커졌다. 하지만 꾹 참았다. 추석 즈음 석류가 다 익어 벌어지면 고모가 한 개씩은 줄 것을 믿었기 때문이다. 그런데 어느 날 고향에 내려가 보니 그 석류나무가 사라지고 없었다. 허전함이 컸지만 무슨 사연이 있겠거니 생각하고 이유도 물어보지 못했다.

『토지』에서 봉순네가 김서방댁과 나누는 대화에 석류꽃이 나와 반가운 마음으로 읽었다.

"시끄럽소, 들으나마나. 주지 말고 야속다 하지 말 일이지."

봉순네는 돌아앉아버린다.

"우째서 모두 내 말이라 카믄 노내기 챗국겉이 그리 싫어하노. 그런데 니 석류꽃은 머할라꼬 줏노?"

"아까바서 줏소."

"아깝다니 그기이 어디 쓰이나?"

"멍도 안 들고, 시들지도 않고 우쩌나 이쁜지."

"미쳤다. 할 일도 없는갑다."

"해가 들믄 시들 것 아니요."

"사십이 넘은 제집이 그래 그 꽃 가지고 사깜 살 것까?"

"애기씨 줄라꼬요. 바구니에 수북이 담아놓으니께 볼 만 안 하요? 이런 빛깔 다홍치마가 있다믄 한분 입어보고 싶소." (3권 158~159쪽)

석류꽃이 떨어졌으니 6월쯤일 것이다. 봉순네는 시들지도 않고 떨어진 석류꽃을 줍고 있다. 벌써 바구니에 수북한 모양이다. 그걸 보고 김서방댁은 나이 들어 소꿉놀이하려고 그러느냐고 놀리고, 봉순네는 서희 주려고 한다고 답한다. 그러면서 석류빛 다홍치마가 있다면 입어

석류꽃의 꽃잎은 여섯 장으로 진한 붉은색이다.

보고 싶다는 봉순네…. '같은 값이면 다홍치마'라고 할
때 그 다홍치마다.

봉순네는 봉순이의 어머니로, 젊은 시절 남편을 잃고
최참판댁 침모로 살고 있다. 서희에게는 자신을 버리고
떠난 별당아씨 대신 어머니 같은 역할을 해주는 존재다.
귀녀가 최참판댁 당주 최치수 살인에 관여했음을 가장
먼저 눈치챌 정도로 영리한 여성이기도 하다.

봉순이는 어려서부터 소리를 잘하고 또 좋아했다. "무
당놀이뿐만 아니라 광대놀음도 혀를 내두를 만큼 기막히

게 잘"했고 "가널가널하게 생긴 모습"에다 목소리도 좋았고 "한번 들은 것이면 총기 있게 외는" 자질도 있었다. 그러나 봉순네는 봉순이가 소리하는 것만 보면 질색하면서 "이년아, 용천지랄 그만 못하것나"며 머리를 쥐어박았다. 소리꾼으로 성장할 수도 있지만 그건 기생길로 들어설 수도 있음을 의미했기 때문이다. 하지만 봉순네가 전염병 호열자로 일찍 죽으면서 봉순이가 기생길로 가는 것을 막지 못한다.

서희에게는 엄마 별당아씨가 석류꽃을 실에 꿰어준 추억이 있다. 서희가 할머니 윤씨부인을 잃고 별당 연못에서 엄마를 그리워하는 장면에도 석류꽃이 나온다.

서희는 허리를 굽혀 연못가에 얼굴을 비춰 본다. 옥같이 맑은 조그마한 얼굴이 물 위에 뜬다. 한 송이 연꽃같이 보인다. 그러나 서희는 어머니의 얼굴로 본다.

'서희야?'

빙긋이 어머니는 웃는다.

'머리가 뜨겁구먼. 방에서 놀지 않고 어디 갔었지? 감기 들면 할머님께서 꾸중하실 텐데.'

'…'

'꽃을 실에 꿰어 달라구? 그러지. 석류꽃이 많이 떨어진 모양이구나. 간밤에 바람이 불더니만… 이렇게 이렇게 동그랗게 하면 족두리가 될까? 어디 머리에 올려보자.'
그러나 어머니의 얼굴은 간 곳이 없고 사나이의 얼굴이 물 위로 떠올랐다. (3권 356쪽)

여기서 별당아씨 말이 작은따옴표 안에 있는 것은 서희의 회상이기 때문이다. 조준구가 말년에 재산을 다 털어먹고 통영 서문고개 너머에 사는 아들 조병수를 찾아갈 때에도 석류꽃이 나온다. "돌다리를 지나고 석류꽃이 핀 울타리를 따라 꽤 넓었던 골목길"을 지나 병수 집으로 향하는 것이다. 이처럼 석류나무는 하동이나 통영 등 남부 지방에서는 어렵지 않게 볼 수 있는 나무다.

2022년 5월 말 통영을 여행하다 전혁림미술관 근처에서 석류꽃이 특유의 붉은색으로 피어 있는 것을 보았다. 7월 말 하동 최참판댁에 들렀을 때는 석류가 커가는 것을 보았다. 최참판댁 안채 화단에 석류나무를 두어 그루 심어놓았고, 석류가 실하게 익어가고 있었다. 하지만 석류나무는 추위에 약해서 서울 등 중부 지방에서는 보기 어렵다.

석류 열매는 9~10월 붉은 과육이 터지면서 투명 구슬 같은 씨가 드러난다.

미녀들이 좋아하는 석류

석류나무는 이란·파키스탄·아프가니스탄과 지중해 연안이 원산지인 도입 식물이다. 이란 등이 페르시아 지역이었고 여기를 한자로 안석국安石國이라 불렀다. 안석국에서 들여온 혹처럼 울퉁불퉁한 과일이라는 뜻으로 안석류安石榴라고 부르다가 석류로 변했다고 한다. 우리나라에는 고려 초기에 중국을 통해 들여온 것으로 알려져 있다.

5~7월 꽃이 피는데 꽃받침이 통 모양이고 꽃잎은 여

섯 장이다. 9~10월이면 붉은 과육이 터지면서 투명 구슬 같은 씨를 드러낸다. 홍보석 같기도 한 열매는 신맛이 강하다.

석류는 여러모로 여성과 관련이 깊다. 우선 석류꽃은 여섯 장의 꽃잎이 진한 붉은색이다. 송나라 왕안석王安石은 이런 꽃 모양을 보고 "짙푸른 잎사귀 사이에 피어난 한 송이 붉은 꽃"萬綠叢中紅一點이라고 노래했다. 오늘날 흔히 뭇 남성 속의 한 여인을 가리키는 '홍일점'의 어원이다. 또 석류 열매에는 갱년기 장애에 좋은 천연식물성 에스트로겐이 들어 있다. 그래서 석류로 만든 여성을 위한 음료가 많고 '미녀는 석류를 좋아해' 같은 마케팅 문구가 있는 것이다.

석류를 소개하면서 스페인 안달루시아 지방에 있는 도시 그라나다Granada를 빠뜨릴 수 없다. 스페인 여행을 가는 사람이라면 반드시 들르는 알람브라 궁전이 있는 곳이다. 그라나다라는 지명 자체가 석류라는 과일에서 유래한 것이다. 실제로 길거리 석물 등 도시 곳곳에서 석류 모양과 무늬를 볼 수 있었다. 석류를 의미하는 영어 파머그레니트Pomegranate는 그라나다 앞에 사과를 의미하는 '파머'Pome라는 접두사가 붙은 것이다.

스페인 도시 그라나다는 지명 자체가 석류에서 유래했다. 그래서 도시 곳곳에서 석류나무와 석류 문양을 볼 수 있다. 뒤로 보이는 건물이 알람브라 궁전이다.

봉순네는 서희가 열 살, 봉순이가 열두 살 때 평사리를 휩쓴 호열자로 윤씨부인과 김서방, 강청댁 등과 함께 죽는다. 그 와중에 살아남은 조준구 일가는 최참판댁을 차지하고 마음껏 전횡을 일삼는다. 소설을 읽으면서 봉순네라도 살아남았으면 조준구 일가의 전횡을 어느 정도는 막았을 텐데 하는 안타까움이 드는 것은 필자만이 아닐 것이다.

탈레반 만행을 지켜보는 석류나무

할레드 호세이니가 쓴 『연을 쫓는 아이』는 아프가니스탄의 비극적 근대사를 그린 소설이다. 카불의 부잣집 소년 아미르와 그의 하인 하산은 어릴 적부터 친구처럼 지내며 컸다. 그러나 하산은 목숨을 걸고 아미르를 지켜준 반면 아미르는 하산이 위기에 처했을 때 외면했다.

아미르는 1980년 아프간 공산화를 계기로 카불을 탈출해 미국에 정착한다. 20년 후인 2001년 어느 날 아미르는 하산이 죽고 그 아들이 고아원에 있다는 소식을 듣는다. 이번에는 아미르가 용기를 내 하산의 아들을 데려오기 위해 탈레반 치하의 카불에 들어간다.

아미르와 하산이 좋은 관계를 유지하던 시절, 둘은 석류나무가 있는 언덕에 올라가곤 했다. 어느 날 아미르는 부엌칼로 나무에 '카불의 술탄인 아미르와 하산'이라고 새긴다. 두 아이는 피처럼 붉은 석류를 따먹곤 했다. 아미르가 하산을 배신한 다음 죄책감에 시달리며 하산과 갈등을 겪는 대목에도 석류가 나온다.

하산을 향해 석류 한 개를 획 던졌다. 석류가 하산의 가슴에 맞고 터지자 빨간 과육이 튀었다. 하산이 놀라서 고통스럽게 울부짖었다.

"너도 던져봐!"

내가 날카롭게 소리쳤다. (…)

몇 번이나 그에게 석류를 던졌는지 모른다. 지쳐서 숨을 헐떡이며 멈추자 하산이 총살 집행 군인들에게 총을 맞은 것처럼 온통 빨간색으로 물들어 있었다. 지치고 절망해서 털썩 주저앉았다.

아미르가 하산의 아들을 구하러 카불을 방문했을 때 늙은 석류나무도 찾아보았다. 희미해졌지만 여전히 '카불의 술탄인 아미르와 하산'이라는 글씨가 남아 있었다. 하지만 잎이 다 떨어진 시든 나무는 과연 열매를 맺을 수 있을지 의심스러웠다.

아프가니스탄은 인접한 이란·파키스탄과 함께 석류나무가 많은 곳이다. 시든 석류나무는 탈레반에 신음하는 아프가니스탄의 현실을 드러내는 것 같았다. 석류나무는 아미르와 하산의 우정과 함께 카불에서 벌어진 탈레반의 만행도 지켜보았을 것이다.

빅경리는 생선 생병운동을 얘기하면서 "인류적 차원에 서야 한다"는 점을 강조했다. 작가가 살아 있었으면 아프

간에서 벌어지는 탈레반의 만행에 대해 분명히 따끔한
말을 했을 것이다.

엄마 봉순을 그리며 섬진강에 과꽃 던지다
과꽃

서희 소꿉친구 봉순에서 기생 기화로

봉순이는 소설 『토지』에서 주연은 아니지만 조연급 중에서는 비중이 큰 인물이다. 최참판댁 침모이자 서희의 보모 역할을 하는 봉순네의 딸로, 서희보다 두 살 많아서 서희를 돌봐주면서 소꿉친구처럼 자랐다. 서희가 다섯 살 때 어머니가 야반도주하고, 일곱 살 때 아버지 최치수를 잃고, 열 살 때 할머니 윤씨부인마저 잃었을 때 봉순이가 옆에 없었다면 제대로 성장하기 어려웠을 것이다. 그만큼 서희에게 봉순이는 없어서는 안 될 존재였다.

소설 초반에 봉순이와 길상이가 맺어질 것 같다는 생각이 절로 들 정도로 둘은 잘 어울리는 한 쌍이다. 나이도 다섯 살 차이로 알맞은 편이다. 봉순이도 커가면서 길상이를 마음에 두고 그 마음을 전하기도 하지만 길상이는 봉순이의 마음을 몰라준다. 길상이의 마음은 명확하게 드러나지 않지만, 봉순이는 길상이가 서희를 사모하고 있음을 간파하고 서희 일행의 간도행에 동행하지 않는다.

소설에서 봉순이는 서희 못지않은 미모를 가진 것으로 나온다. 어머니 봉순네가 잠든 봉순이의 얼굴을 보고 인물이 빼어나 중신애비 때문에 문전의 개가 목이 쉬지 않을까 걱정할 정도다.

방으로 돌아온 봉순네는 이불자락을 끌어당겨주고 아이의 얼굴을 우두커니 들여다본다. 방바닥이 뜨겁고 화로를 들여놓아 아이의 얼굴은 앵두같이 붉었다. 땀에 젖은 머리칼이 이마빼기에 달라붙고 시큼한 땀 냄새가 풍겨온다. "그린 듯이 이뻐구나. 내 자식이지만 크믄 참말이제 문전의 개가 목이 쉬겄다."

방긋이 웃는데 봉순이는 덮어준 이불을 다시 걷어찬다. "저 아바이가 살았이믄 얼매나 귀히 여기겄노. 금이야 옥이야, 손바닥에 올려놓고 볼라 칼 긴데 다 복이 없어서." 하미 빈 일을 들고 봉순네는 옷섶의 바늘을 뽑는다. (1권 185쪽)

원주 박경리문학공원에 핀 과꽃. 박경리는 1980년 사진 뒤쪽에 보이는
집으로 이사해 텃밭을 가꾸며 『토지』 4~5부를 집필했다.

주변에서 "봉순이 고기이 이름맨치로 봉숭애꽃 겉은
데"라고 말하는 대목도 있다. 그래서 김서방댁은 봉순이
가 인물값 할 것이라며 "소나아 애간장을 녹일 저 낯짝이
며 버들가지 겉은 허리매며 팔자치레하고 사까 싶으지
않네"라고 말하고, 연이는 봉순이가 언젠가 나긋한 허리
를 살짝 꼬며 아양떨듯 겉으로 다가갔을 때 "니 똑 기생
겉구나"라고 말할 정도다. 『토지』를 다 읽으면 이런 부분
들이 봉순이의 운명을 암시하는 복선들이라는 것을 알
수 있다.

봉순이가 길상이를 마음에 두고 있지만 길상이는 애써 외면할 무렵, 봉순이는 자신이 보아도 인물이 괜찮아 보였던 모양이다. 거의 황홀한 빛을 띠고 거울 속 제 얼굴을 바라보는 장면이 있다.

한편 작은방에서도 봉순이 면경 앞에 앉아 머리를 빗고 있었다. (…) 눈은 열심히, 열심히라기보다 거의 황홀한 빛을 띠고 거울 속의 제 얼굴을 쳐다보고 있다. 느릿느릿하던 빗질도 멈추고 어디선지 보내오는 미소에 답이라도 하듯이 눈을 가느스름하게 뜨고는 샐죽샐죽 웃는다.
"길상이는 눈도 없이까?"
나지막하게 중얼거린다.
"빌어묵을 자식."
하다가 제풀에 놀란다. (…)
거울 속의 얼굴을 잠시 잊고 벽을 쳐다본다. 윤곽이 서희처럼 또렷하지 않다. 살결은 서희보다 고운 것 같고 여식답게 나붓나붓하게 생긴 얼굴이다. 아지랑이가 낀 듯 화사한 봄빛이 배어날 것만 같은, 연연하다. 풍정이 있다. 나 ㅅ반 어리배른 한숨이나 될까. (4권 214~215쪽)

봉순이는 간도행 대신 새로운 인생길을 걷기 시작했다. 봉순이는 길상이를 깊이 사모하면서도 그와 다른 꿈을 쫓고 있었다. "꿈은 화창한 봄날의 바람 같고 도화桃花 같고 비단 치맛결같이 간지러웠다." 도화는 복숭아꽃 또는 복사꽃으로 '도화살'桃花煞할 때 그 도화다. 진주로 가서 타고난 소리 자질을 살려 기생 기화로 거듭난 것이다. 봉순이로서는 나름 과감한 결정을 내린 셈이다.

기화는 타고난 미모와 독보적인 창으로 명기로 이름을 날린다. 이어 서울에 진출한 기화는 서희에게 받은 상처와 분노를 안고 있는 이상현을 너그럽게 받아주고 잠시 동거하는데, 이때 상현과 사이에서 딸 양현을 얻는다. 그리고 아무도 모르게 군산에서 홀로 낳아 기른다.

하지만 기화는 아이를 낳은 다음 기생 생활의 허무감에다 혼자 아이까지 키워야 하는 생활의 어려움 속에서 결국 아편 중독에 빠진다. 이 소식을 들은 서희는 기화를 사모하던 정석을 보내 평사리로 데려온다. 봉순이는 평사리에서 요양하며 지내지만 아편 금단증을 극복하지 못한 데다가, 정석이 자신과의 소문 때문에 학교에서 쫓겨났다는 말을 듣고 섬진강에 몸을 던진다. 평범하게 한 남자와 결혼해서 살았다면 적어도 자살로 삶을 마감하지는

과꽃은 국화과 식물로 가을 화단에서 흔히 볼 수 있다.
꽃의 색깔은 보라색에서 분홍색, 빨간색, 흰색까지 다양하다.

않았을 것 같다는 안타까움이 드는 봉순의 일생이다. 기화가 자살한 후 서희는 봉순이의 딸 양현을 양녀로 삼아 친딸처럼 키운다.

기화는 미모가 빼어났기에 그를 사모하는 남자가 많았다. 길상이, 이상현은 물론 혜관스님, 주갑이, 정석도 기화 때문에 애를 태운 남자들이다. 혜관스님이 섬진강에 모여 던진 기화를 생각하며 "나무아미타아불, 나무관세음보살"을 외며 "한순간 해란강 강물 위에 진분홍 복사꽃, 흩어진 꽃이파리가 떠내려가고 있는 듯"한 환상에 빠지는 장면도 있다.

최참판댁은 "대문간에 이르기까지 길 양편에는 보랏빛, 흰빛, 그리고 분홍빛의 과꽃이 흐드러지게 피어" 있었다. 양현은 이 과꽃으로 꽃다발을 만들어 섬진강에 던지며 죽은 엄마를 위해 눈물을 흘린다. 다음 장면은 나중에 양현의 연인으로 나오는 영광의 시각이다.

흰빛, 보랏빛의 과꽃을 예쁘게 묶은 꽃다발을 여자는 들고 있다. 천천히 물가까지 간 그는 무슨 말인지 중얼거리는 것 같았다. 아니 속삭이는 것 같았다. 그러더니 강물을 향해 꽃다발을 휙! 던지고 다시 누군가를 애절하게 부르는 것 같은 음성이 들렸다. 이상한 그 행동은 어떤 무속적 의미를 담은 의식같이 느껴졌다. (…)
영광은 시간 속에 밀폐된 것 같았다. 결박을 당한 것 같았다.
여자는 몸을 굽히며 앉았다. 엎드려서 두 손에 물을 걷어 올리며 얼굴을 씻는다. 아마 그는 울었던 모양이다. 꽤 오랜 시간 얼굴을 씻은 뒤 머리를 묶은 손수건을 풀어 닦는다. (…) 여자는 고개를 숙이고 몇 발짝 걷다가 얼굴을 들었다. 순간 영광의 눈과 여자의 눈이 정면으로 부딪쳤다.
(17권 200~201쪽)

왜 양현이가 과꽃으로 엄마 봉순이를 기렸는지 알 수
있는 정황은 나와 있지 않다. 다만 일생을 짝이 없이 살
다간 봉순이를 상징하는 꽃으로 과꽃은 괜찮은 것 같다.
과꽃이라는 이름의 정확한 유래는 알 수 없지만 '과부꽃'
에서 나온 것이라는 견해가 있다. 이 꽃이 과부를 지켜주
었다는 이야기가 전해오기 때문일 것이다.

옛날 백두산 근처에 추금이라는 과부가 살았는데, 그
집에는 남편이 생전에 정성스럽게 가꾼 과꽃이 가득했
다. 그런데 중매쟁이 할멈이 끊임없이 재혼을 설득하자
아내의 마음도 흔들릴 수밖에 없었다. 그즈음 남편이 꿈
속에 나타나자 과부는 흔들리는 마음을 다잡고 과꽃을
소중히 가꾸며 살았다는 이야기다.

과꽃, 누나 생각나는 우리 꽃

과꽃은 국화과 식물로, 가을 화단에서 흔히 볼 수 있는
꽃이다. 다양한 색의 혀꽃에 노란 중앙부를 가진 꽃이 다
소곳이 고개를 숙이며 핀 것이 참 예쁘다. 원줄기에서 가

과꽃은 우리나라 원산이면서 전 세계적으로도 널리 심고 있는 식물 중 하나다.

지가 갈라져 그 끝마다 한 송이씩 꽃이 핀다. 한여름에 꽃이 피기 시작해 초가을까지 볼 수 있다. 꽃의 색깔도 보라색에서 분홍색, 빨간색, 흰색까지 다양하다.

과꽃은 화려하지 않으면서도 정감이 가는 꽃이다. 어릴 적 고향에서는 과꽃을 대개 맨드라미·봉선화·채송화·백일홍 등과 함께 화단이나 장독대 옆에 심었다. 과꽃을 보면 "누나는 과꽃을 좋아했지요"가 나오는 동요 「과꽃」이 떠오른다. 2004년 타계한 아동문학가 어효선이 쓴 동시에 곡조를 붙인 노래다. 그래서인지 나태주 시인은 "과꽃 속에는 누나의 숨소리가 들어 있다"고 했고, 과꽃을 "누나의 따뜻한 손과 같은 꽃"이라고 노래한 시도 있다.

과꽃은 원래 북한 함경남도에 있는 부전고원과 백두산, 만주 일대에서 자생하는 식물이다. 자생종 과꽃은 진한 보랏빛이고 홑꽃이라고 한다. 그래서 과꽃의 한자 이름은 벽남국碧藍菊이다. 중국 쪽 백두산 근처에서 자생하는 과꽃을 보았다는 사람도 적지 않다.

우리가 흔히 보는 과꽃은 토종 과꽃을 유럽·일본 등에서 원예종으로 개량한 것이다. 프랑스 신부가 1800년대 초 과꽃을 보고 반해 씨를 유럽으로 전한 것으로 알려져 있다. 이 꽃을 개량한 것이 전 세계로 퍼져나가 다시 고향인 한반도로 돌아온 것이다. 이처럼 과꽃은 우리나라 원산이면서 전 세계적으로 널리 심고 있는 식물 중 하나다. 요즘엔 벌개미취·매발톱·금낭화 등으로 늘어났지만 한때 화단에 흔한 원예종 꽃 가운데 거의 유일하게 우리 토종인 꽃이기도 했다.

봉숭아꽃이든 복사꽃이든 과꽃이든 봉순이를 상징하는 데 손색이 없는 꽃이다. 인물 좋고 목소리도 아름다운 봉순이가 요즘 태어났다면 연예인으로 이름을 날렸을 것 같다. 시대를 잘못 타고나 봉숭아꽃, 복사꽃, 과꽃 같은

미모와 재능에도 허망하게 세상을 떠난 봉순이의 삶에
안타까움을 금할 수 없다.

평
사
리

사
람
들
의

꽃

'강짜' 대명사 강청댁의 할미꽃 순정

할미꽃

강청댁 죽은 다음 할미꽃 에피소드 전한 이유

『토지』에서 용이의 아내 강청댁은 비호감형 인물 중 하나다. 착한 용이를 괴롭히고 불쌍한 월선이에게 행패를 부리는 역할을 하기 때문이다. 그러나 조준구나 김평산·김두수 부자, 임이네 등 소설에 나오는 진짜 악인들과는 질이 다르다. 이 점을 확인할 수 있는 것이 강청댁의 할미꽃 순정이다.

용이와 월선이는 어릴 적부터 좋아하는 사이였다. 하지만 월선이가 무당 딸이라는 이유로 어머니가 강력 반대하는 바람에 결혼하지 못했다. 용이는 강청댁과 혼인하고, 월선이는 나이도 많고 다리도 저는 남자에게 시집을 갔다. 용이는 월선이를 잊지 못하다 월선이가 잘 살지 못하고 돌아와 하동 읍내에 주막을 차리자 장날마다 주막에 들른다. 동네 아낙들에게 용이와 월선이 사연을 익히 들어 잘 아는 강청댁은 속이 새까맣게 타들어갈 수밖에 없었다. 짜증과 질투로 이글이글 불타는 얼굴로 빗자루를 내던지며 "이놈의 살림살이 탕탕 뽀사뿌리고 내가 머리 깎고 중이 되든가 해야지"라고 말하는 장면이 여러 번 나온다.

그런데 월선이가 평사리까지 찾아와 용이와 하룻밤을 보내고 간 것을 안 강청댁은 분노가 폭발한다. 삼십 리 밤길을 한걸음에 달려가 월선이에게 행패를 부린다. 이에 월선이는 아무 연락도 없이 '강원도 삼장시*'를 따라 떠난다. 이에 용이는 삶의 의욕을 잃고 강청댁을 멀리한다.

월선이가 떠나자 이번에는 평소 용이에게 추파를 보낸 임이네가 돌아와 강청댁 속을 썩인다. 임이네는 남편 칠성이가 최치수를 살해하는 데 관여한 혐의로 처형당하자 야반도주했다가 몇 년 만에 돌아온 처지였다. 어느 날 강청댁은 동네 아낙들과 합세해 임이네를 폭행하다가 용이로부터 임이네가 임신했다는 청천벽력 같은 말을 듣는

* 인삼 장수.

다. 용이와 강청댁 사이엔 자식이 없었다.

강청댁은 이렇게 결혼 이후 내내 남편의 여자 문제로 속이 썩다가 호열자가 평사리를 덮쳤을 때 허망하게 죽는다. 동네에서 맨 처음 호열자로 죽는 것이라 강청댁은 전염병이 도는 것을 모르고 용이와 임이네가 자신에게 독약을 먹였다고 의심하면서 죽는다. 여자로서 불행한 삶을 살다 간 것이다.

요즘 기준으로 보면 당연한 반발이지만, 소설에서 강청댁은 마을 사람들에게 강짜*가 심하다는 평을 받고 그런 인상을 주는 것이 사실이다. 삼십 리 밤길을 달려가 월선이에게 행패를 부리는 장면을 보면 정말 사납다. 키가 작고 "살결이 가무잡잡"하고 인물도 "풋살구처럼 오종종한 빈한한 얼굴"이라고 했다. 얼굴이 "분꽃같이 뽀얀" 월선이와 대조를 이룬다.

그런데 작가는 강청댁이 죽고 난 다음 신혼 때 에피소드를 들려준다. 혼인을 치른 직후 용이가 봄갈이에 나섰을 때 강청댁이 점심을 이고 온다.

---

* 사랑하는 사이에서 지나치게 시기함.

할미꽃은 볕이 잘 드는 야산의 자락, 특히 묘지 근처에서 볼 수 있다.
꽃잎은 검붉은색이고 그 안에 샛노란 수술들이 박혀 있다.

점심을 끝내고 돌아보았을 때 새댁은 언제 갔었던지 산기
슭 쪽에서 급히 논둑길을 밟으며 걸어오고 있었다. 손에
는 할미꽃 한 움큼이 쥐어져 있었다. 가까이까지 온 새
댁은

"저어, 이거,"

할미꽃을 용이 코앞에 쑥 내밀었다.

"피었소."

하고 배숙이 웃냈다.

"벌써…"

118

입속말도 우물쩍거렸다. 새댁 얼굴이 빨개졌다. 용이 얼굴도 붉어졌다.

"봄이니께."

홀쩍 일어서서 그동안 논둑의 풀을 뜯어먹고 있는 소 곁으로 간다. 소를 논으로 몰고 가서 쟁기를 끼우며 용이,

"어서 가아!"

이쪽을 바라보고 서 있는 새댁에게 소리를 질렀다. (3권 242쪽)

용이와 강청댁은 4월에 혼인을 치른 모양이다. 할미꽃은 4월에 피는 꽃이다. 작가는 강청댁이 죽고 난 다음 강청댁에게 미안해서인지 용이가 회상하는 형식으로 이 같은 에피소드를 전한다. 강청댁에게도 새신랑에게 할미꽃을 꺾어주는 순정이, 용이에 대한 사랑이 있었음을 보여주고 싶었던 것 같다.

강청댁은 이렇게 한을 안고 떠났다. 그래도 그때 기준으로 중요한 일인 제사를 지내주고 묘소를 관리해주는 자식은 있었다. 용이와 임이네 사이에서 태어난 홍이가 커서 얼굴도 모르는 강청댁이지만 큰어머니라 칭하며 제사를 지내고 묘소도 돌본 것이다.

개성 만점의 우리 특산 식물

할미꽃은 이름부터 참 정다운 꽃이다. 우리나라 거의 전역에서 볕이 잘 드는 야산의 자락, 특히 묘지 근처에서 볼 수 있다. 키는 한 뼘쯤 자라지만 뿌리가 아주 굵고 깊게 박혀 있다. 고개 숙인 꽃송이를 보면, 꽃잎은 검붉은 색이고 그 안에 샛노란 수술들이 박혀 있다. 다섯 장으로 갈라진 잎도 개성 만점이다. 줄기와 잎은 물론 꽃잎 뒤쪽까지 가득 돋아나는 솜털들은 할미꽃을 더욱 매력적으로 만든다. 할미꽃의 학명 'Pulsatilla koreana'에서 짐작할 수 있듯이 우리나라에서만 자생하는 특산 식물이다.

할미꽃이란 이름은 꽃이 지고 열매가 익으면 그 열매에 흰 털이 가득 달려 마치 하얗게 센 노인 머리 같다고 붙은 것이다. 그래서 할미꽃의 한자 이름은 백두옹白頭翁이다. 열매에 붙은 긴 깃털 같은 것은 씨앗을 가볍게 해 바람을 타고 멀리 퍼지게 하는 역할을 한다.

할미꽃은 한창 꽃다운 시절엔 허리를 숙이고 있지만 꽃이 핀 지 6~10일이 지나면 언제 그랬냐는 듯 꽃대를 위로 곧게 세운다. 조금이라도 위에서 씨앗을 날려야 더 멀리 날아가기 때문이나. 비가 내릴 때 꽃가루를 보호하기 위해 아래로 숙이고 있다가, 수정하면 꽃대를 세우는

할미꽃이란 이름은 꽃이 지고 나면 열매에 흰 털이 가득 달려서
하얗게 센 노인 머리 같다고 붙인 것이다.

것이라는 해석도 있다. 할미꽃과 비슷한 시기에 피기 시
작하는 백합과 식물 처녀치마도 수정한 다음 꽃대를 쑥
쑥 올리는 전략을 갖고 있다. 원주 오크밸리 리조트 뒷산
에서 60센티미터 이상 꽃대를 높인 처녀치마를 본 적도
있다.

한때 할미꽃을 참 보기 힘든 시절이 있었다. 도시는 물
론 시골에 가도 할미꽃을 보기 힘들고 깨끗한 산에 가야
겨우 한두 개 볼 수 있었다. 이 꽃이 공해에 특히 약하기
때문이다. 다행히 환경이 나아지고 농약도 적게 쓰면서

동강할미꽃은 강원도 동강 절벽에서 다양하고 화려한 색깔로 피는 꽃이다.
할미꽃과 달리 하늘을 향해 핀다.

예전보다는 야생의 할미꽃이 늘어난 것 같다. 더구나 그
사이 원예종으로 증식한 할미꽃이 크게 늘어나면서 공원
이나 화단에서 할미꽃을 쉽게 볼 수 있다.

할미꽃은 미나리아재비과 식물답게 강한 독성을 갖고
있기 때문에 주의가 필요하다. 꽃을 만진 손으로 얼굴을
만지면 독이 오를 수 있다. 할미꽃을 꺾은 강청댁도 손이
부어올랐을지 모른다.

할미꽃이 요즘 부활한 꽃이라면 동강할미꽃은 워낙 유

명한 아이돌급 야생화다. 검붉은 할미꽃에 비해 매우 다양하고 화려한 색깔로 피어 동강 절벽을 장식하는 꽃이다. 구부정하게 피는 할미꽃과 달리, 동강할미꽃은 허리를 꼿꼿이 편 채로 하늘을 향해 핀다. 형태학적으로는 할미꽃에 비해 암술과 수술의 수가 적은 점이 다르다.

박완서의 할미꽃은 노파 비유

박완서 작가도 할미꽃 얘기가 담긴 소설을 남겼다. 1977년 발표한 단편 소설 「그 살벌했던 날의 할미꽃」인데, 이 소설에는 두 노파 이야기가 나란히 나온다. 6·25 전쟁 중 여자들만 사는 마을에 미군이 찾아왔을 때 '양색시'를 자처해 위기를 넘긴 노파, 전쟁터에서 숫총각은 죽는다는 기묘한 풍문에 불안해하는 군인과 관계를 가져준 노파 이야기다. 소설에서 "아무튼 그 노파들은 여자였다고, 죽는 날까지 여자임을 못 면했었다고 말해주고 싶다"는 문장이 인상적이다.

작가는 소설 안에서는 할미꽃을 거론하지 않고 제목에 할미꽃을 넣는 방식을 택했다. 그렇더라도 이 소설에서 두 노파를 할미꽃에 비유한 것은 의심할 여지 없이 명백하다. 이 소설은 1977년에 발표했지만 20년 후인 1997년

할미꽃은 고개를 숙이고 핀다. 할미꽃 줄기와 잎은 물론 꽃잎 뒤쪽까지
솜털이 가득 돋아나 있다.

'페미니즘 소설'로 다시 주목을 받았다. 오정희의 「옛 우
물」, 신경숙의 「감자 먹는 사람들」 등 여성 작가들이 발
표한 페미니즘 소설 11편을 묶은 소설집에 표제작으로
실렸다. 이 책을 펴낸 경희대 하응백 교수는 「그 살벌했
던 날의 할미꽃」에 대해 "전쟁에서 여성 특유의 모성애
가 어떻게 공동체를 구원할 수 있는지를 물은 소설"이라
며 "페미니즘은 남녀 간 대결이나 헤게모니 쟁탈전이 아
니라 모성성의 평화적 확대"라는 의견을 내놓았다.

임이네, 물가의 잡초 같은 탐욕의 여인

고마리

임이네의 강한 생명력과 물욕

소설 『토지』에서 임이네가 없으면 소설을 읽는 재미가 반감될 것이 분명하다. 1부에서 3부까지 임이네의 역할이 적지 않은 데다 강렬하기 때문이다.

젊은 시절 임이네는 "매우 건강하고 이쁘게 생긴 여자"였다. "마을 사람들도 임이네 인물을 마을에서는 제일로 치는 데 객말*이 없는 것 같았다." 얼굴이 "동아** 겉고 봉숭애꽃" 같다며 "농사꾼 제집 되기 아깝다"는 말을 듣는다. 젊은 시절 건강하고 색기가 흐르는 임이네를 꽃에 비유한다면 봉숭아꽃과 발음이 비슷한 복숭아꽃이 가장 잘

---

* 토나 따지는 말.
** 박과의 덩굴식물.

어울릴 것 같다. 복숭아꽃, 즉 복사꽃은 꽃 색깔이 연분홍인 데다 꽃 안쪽으로 갈수록 붉어지는 것이 요염한 느낌을 준다. 과일꽃 중 가장 섹시한 꽃, '화냥기'가 느껴지는 꽃이다. 조지훈의 시 「승무」에서 "복사꽃 고운 뺨에 아롱질 듯 두 방울이야"가 괜히 나오지 않았을 것이다.

그러나 그것은 어디까지나 젊은 시절 얘기다. 남편을 잘못 만났고, 시대를 잘못 만나 삶이 피폐해져서인지 남편 칠성이가 죽은 이후 임이네는 악인에 가깝다. 온갖 일을 겪으면서도 다시 일어서는 임이네 인생 전체로 보면 소설에 나오는 대로 "물가의 잡초"가 가장 잘 어울릴 것 같다.

임이네는 마을에서 행실이 좋지 않았다. 임이네는 새벽에 몰래 막딸네 호박을 훔치다가 마침 용이를 만나고 가는 월선이와 마주친다. 막딸네는 호박을 김평산의 큰아들 거복이가 훔쳐갔다고 의심하다 김평산에게 폭행을 당한다. 그리고 임이네는 월선이가 다녀간 일을 동네방네 소문내 마침내 강청댁 귀에까지 들어가게 한다. 강청댁은 삼십 리 밤길을 달려가 월선이에게 행패를 부린다.

임이네라는 호징은 딸 '임이'의 엄마라는 뜻이다. 아이가 생기기 전엔 친정 마을 이름을 따서 '~댁', 아이가 태

복사꽃은 4월 중순에 복숭아나무에서 피는 꽃으로 연분홍색이다.

어나면 아이 이름을 따서 '~네'라고 부른 모양이다. 임이네는 흰칠하고 잘생기고 성격도 부드러운 용이에게 추파를 던지곤 했다.

자줏빛 옷고름과 끝동을 물린 흰 무명저고리의 옷섶 앞이 벌어져 있었다. 검정치마도 불룩하게 솟아 있었고 몸 풀 때가 얼마 남지 않았을 것 같은데 임이네 얼굴은 좋았다. 뭣인지 불사조 같은, 물가의 잡초 같은 끈질긴 것을 느끼게 하는 이 여자는 어떤 경우에도 건강하고 생명이 넘쳐 있는 것 같다. (…)

여자는 염치불고하고 용이의 눈을 더듬어본다. 풍만한 정기精氣를 풀어서 용이 얼굴에다 설설 뿌리는 것 같은 웃음을 머금고, 그는 임신한 여자였을 뿐 어미가 아니었다. 음탕한 것도 아니었다. 그것은 자연이었다. (1권 154~155쪽)

그런 임이네에게 날벼락 같은 일이 생긴다. 남편 칠성이가 김평산의 꾀임에 빠져 최참판댁 당주 최치수 살인에 가담한 혐의로 처형당한 것이다. 창졸간에 살인자의 아내라는 손가락질을 받으며 마을을 떠나지 않을 수 없었다. 아이 셋을 데리고 험한 일을 겪은 임이네는 몇 년 후 돌아와 용이의 도움으로 마을에 자리를 잡는다. 이즈음 작가는 임이네의 생활력을 다시 "물가의 잡초"로 표현한다.

물가에서나 혹은 길가에서 끈질기게 흙을 움켜쥐고 목을 쳐드는 잡풀같이, 비가 쏟아지면 물속에서 허우적거리며 문적문적 썩어가다가 속잎이 트고 다시 자라는 풀, 가뭄이 세속되어 상풀이 마르고 땅이 갈라시고 그래도 줄기를 꼭 껴안고서 견디어내는 잡풀, 아이들은 아무것이나 잘

먹었다. 아무데서나 쓰러져 잠을 잤다. (3권 92쪽)

한여름 잡초는 정말 놀랍도록 끈질기고 무섭게 자란
다. 오죽하면 자식과 잡초는 이길 수 없다는 말까지 있을
까. 그 잡초 같은 생명력을 임이네와 아이들이 갖고 있다
는 얘기인데, 그중에서도 물가의 잡초는 물 문제를 해결
했다는 점에서 더욱 왕성한 생명력을 가질 것이다.

월선이가 강청댁의 행패에 충격받아 마을을 떠난 후
실의에 빠져 있던 용이는 임이네와 동침해 아이를 갖는
다. 이 아이가 홍이다. 그리고 강청댁이 호열자로 죽자
임이네는 용이와 같이 산다. 하지만 월선이가 간도에서
돌아오자 용이는 다시 월선이 집에 발길이 잦아진다. 작
가는 이즈음 임이네를 물가의 잡초와 칡넝쿨을 동원해
다음과 같이 묘사한다.

한 집에서 한 이부자리 속에 지낸 것도 벌써 사 년이 지나
갔다. 칡넝쿨같이 줄기찬 생활력과 물가의 잡풀같이 무성
한 생명력을 지닌 임이네, 식욕과 물욕과 성욕이 터질 듯
팽팽한 살가죽에 넘쳐흐르듯 왕성한 임이네는 대지에 깊
이 뿌리박은 여자, 풍요한 생산生産의 터전이라고나 할

까. (…) 그러나 용이는 홍이를 얻은 뒤 다시 자식을 바라지 않았다. (4권 122쪽)

남자의 사랑을 받지 못한 임이네는 용이가 의병에 참여해 집을 떠난 즈음부터 돈을 탐하기 시작한다. 몇 차례 삶의 기반이 무너지는 상황을 겪으며 오로지 돈이 제일 중요하다고 생각한 것일까.

서희 일행과 함께 간도 용정으로 갈 때 용이는 월선이와 임이네를 함께 데리고 간다. 월선이가 작은아버지 공노인의 도움을 받아 국밥집을 차리자 임이네는 식당 일을 돕는다. 그전까지는 임이네의 언행이 어느 정도 이해할 수 있는, 동정할 만한 측면이 있었지만 이때부터는 탐욕과 악의 화신이 된다. 자식들과 생존을 위해 물가의 잡초 같은 생활력을 발휘하는 것과 과욕을 부리며 물가의 잡초처럼 돈만 탐하는 것은 엄연히 다르다. 작가가 자신이 창조한 임이네를 정말 미워하는 것 같다고 느끼는 대목이 한둘이 아니다.

우선 식당 일손으로 참여한 임이네는 식당 수입 중 상당 부분을 빼돌린다. 그 돈으로 이자놀이를 하며 재산을 불리는 데 혈안이다. 식당에 불이 났을 때 임이네는 베개를 찾느라 이리저리 날뛴다. 용이는 그 베개를 빼앗아 불 속에 던져버린다. 베개 속에는 임이네가 월선이 모르게 빼돌린 돈이 들어 있었다. 이렇다 보니 아들 홍이도 자라면서 친모보다 월선이에게 호의를 갖는다.

임이네는 손님이 오면서 사오는 고기나 곡식도 감추고 몰래 자기만 먹는다. 월선이가 병을 얻어 세상을 떠날 때 홍이를 위해 남긴 거금을 누가 관리할지 상의하는 자리가 있었다. 이 말을 엿들은 임이네는 자신이 맡아야 한다고 억지를 부린다. 용이가 임이네에게 그 돈을 갖게 되면 자신과 홍이를 다시는 보지 못할 조건이라고 하자, 임이네는 정 그렇다면 자신이 그 돈과 함께 사라지겠다고 말한다. 용이는 "네가 인간이냐, 그러고도 네가 홍이 어미냐?"고 주먹질을 한다.

다시 진주로 돌아와서도 임이네의 악행은 끊이지 않는다. 임이네는 아들 홍이가 결혼할 때 코빼기도 보이지 않는다. 다들 안 왔으면 좋겠다 생각하기 때문이라는 평계를 댔지만 혼인 비용을 한 푼도 내지 않으려는 속셈이었다. "타당성 있게 자신을 은폐하는 데는 가히 천재적인 여자"였다.

용이가 병을 앓자 손님들이 약을 달여 오거나 고기를

사와도 임이네가 먹어댄다. 아들 홍이가 아버지 약값으로 쓰려 한 돈도 빼돌린다. 그러다 쉰다섯에 복막염에 걸려 병원에 입원했을 때 죽음을 예감하고 다 낫기 전에는 퇴원하지 않겠다고 광태를 부리다 용이보다 먼저 세상을 뜬다. "천년을 살 것 같았던 그 무성한 생명력"이 다한 것이다. 이처럼 임이네는 남편과 아들보다 재물과 자신의 목숨을 훨씬 더 소중히 여겼다. 아들 홍이는 생모를 "억새풀같이 강한 생명력과 물욕으로 자기 자신만의 성城을 가진 분"이라고 회상했다.

물가의 잡초 중 고마리 떠올라

작가는 임이네를 물가의 잡초라고만 표현했다. 물가의 잡초 중에서 어떤 잡초가 임이네에게 가장 잘 어울릴까. 소설을 읽으면서 고마리가 떠올랐다. 고마리는 생명력이 왕성한 물가의 잡초이면서 꽃이 피면 상당히 예쁜 식물이다. 필자는 작가가 물가의 잡초, 그러니까 수생 식물에 대해 더 잘 알았으면 고마리라고 특정했을 가능성이 있다고 생각한다.

고마리는 마디풀과에 속하는 여러해살이풀로, 전국적으로 개울가·도랑 등 물가나 습지에서 비교적 흔하게 볼

고마리는 대표적인 물가의 잡초 중 하나로, 생명력이 왕성하면서도
꽃이 피면 상당히 예쁜 식물이다.

수 있는 풀이다. 너무 흔해서 잘 눈여겨보지 않는 풀이기
도 하다. 여름엔 무성한 잎만 보이다가 9월에 들어서면
예쁜 꽃까지 하나둘씩 피기 시작하는데 흰색 꽃잎 끝에
분홍빛이 살짝 도는 것이 많다. 야생화 전문가 이재능 씨
는 한 글에서 "고마리는 미인의 투명한 피부처럼 하얀 꽃
잎 끝에 발그스레하게 연지를 찍은 듯한 작은 꽃을 피운
다"고 했다.

무엇보다 고마리는 잎의 모양이 아주 개성 있다. 손가
락 정도의 길이인데, 로마 방패 모양이라 잎만 있어도 쉽

고마리는 9월 들어 꽃이 피기 시작하는데 흰색 꽃잎 끝에
분홍빛이 살짝 도는 것이 많다.

게 구분할 수 있다. 다만 고마리를 보거나 만질 때 주의
해야 한다. 며느리밑씻개처럼 고마리에도 날카로운 가시
가 있기 때문이다. 줄기에 긁히면 상처를 입을 수 있으니
조심할 필요가 있다. 이 점도 한 성깔 있는 임이네와 닮
은 것 같다.

　고마리는 제 욕심만 채우는 임이네와 달리, 주변 수질
을 정화해주는 고마운 식물이다. 오염된 축산폐수를 고
마리가 살고 있는 수로를 거치도록 했더니 일급수가 됐
다는 기록도 있다. 고마리와 함께 수질을 정화하는 식물

로 여뀌와 부레옥잠 등이 있다. 수질 정화 기능으로 물을 깨끗하게 하고, 예쁜 꽃으로 우리 눈까지 정화하는 풀이라고 할 수 있다.

고마리라는 독특한 이름이 어디에서 나왔는지는 명확하지 않다. 어떤 사람들은 고마리가 수질 정화 효과가 커서 '고마우리 고마우리' 하다가 고마리가 되었다고 한다. 고마리가 물가에서 워낙 무성하게 퍼져나가니 이제 그만되었다고 '그만이풀'이라고 하던 것이 고마니를 거쳐 고마리가 됐다는 얘기도 있다. 둘 다 선뜻 수긍하기 어려운 이름 유래다. 우리 식물 이름 중에는 이처럼 그 유래를 알 수 없는 식물이 적지 않다.

함안댁의 한을 안고 기둥만 남은 살구나무
살구꽃

어진 함안댁이 목을 맨 나무

『토지』에서 몰락한 양반 김평산은 대표적인 악인이다. 평사리 동네 사람들에게 행패도 서슴지 않고, 최참판댁 여종 귀녀와 공모해 당주 최치수를 살해한 것이 드러나 처형당하는 인물이다. 그와는 달리 아내 함안댁은 경우 바른 여인이다.

『토지』에는 조선시대 양반이란 신분이 무엇을 의미하는지 알려주는 장면이 여럿 나온다. 예를 들어 어린 용이는 최참판댁 행랑 뜰에서 도련님 치수와 놀면서 치수에게 얻어맞지만 참을 수밖에 없다. 어린 용이는 어머니에게 묻는다. "옴마, 내가 심이 더 센데 와 밤낮 얻어맞아야 하노." 용이는 최치수보다 한 살 위였다.

가난한 소작농 집안의 엄마는 어린 아들에게 "도련님

이 몸이 약하니까 니가 참아야지"라고 말한다. 그러면서 한참 후 먼 산을 보면서 "상놈이 우찌 양반을 때릴 것꼬"라고 말한다. 이 말을 들은 용이는 눈물을 흘린다. 최참판댁 하녀 삼월이도 서울 양반 조준구에게 겁탈을 당했는데도 조준구의 아내 홍씨에게 들켜 오히려 매타작을 당한다. 삼월이가 얼마나 억울했을까.

개차반 같은 남편이지만, 함안댁에게 남편이 양반이라는 사실은 절대적 기준이다. 중인 출신인 함안댁은 몰락한 양반 김평산에게 시집온 후, 혼자 힘으로 살림을 꾸려가는 억척 아내이자 어멈이다. 마을 사람들에게 경우 바르고 올곧다고 칭송받는 사람이다. 함안댁이 "무서운 가난과 남편의 포악을 견디어내는 끈질긴 힘"은, 노름과 자잘한 도둑질 등 각종 행패를 부리는 망나니 같은 남편을 상전으로 떠받들며 살아가는 힘은 바로 남편이 양반이라는 점이다.

"씨가 있는데 장사를 하시겠나 들일을 하시겠나, 이 난세에 벼슬인들 수울할까. 하기는 요즘 세상에는 벼슬도 수만금을 주고 사서 한다는데." 함안댁이 망나니 남편을 상전으로 떠받드는 논리다.

이런 말도 나온다. "용이 구름을 못 만나면 등천을 못하는 법이지. 그분도 한이 왜 없겠나. 그러니 노상 울분에 차서 술을 마시고 손장난도 하시고, 왕손도 세상을 잘 못 만나면 나무꾼이 된다는데.”

자신은 양반의 아내이기에 “밤낮없이 피를 쏟아가믄서 거무겉이 베틀에만 눌어붙어 있”는데도 견디는 것이다. 그러나 최치수 살인 사건의 범인으로 남편이 잡혀가자 함안댁은 목을 매 자살하고 만다. 가난하고 힘겨워도 ‘내 남편은 양반이고 우리는 양반 집안’이라는 사실이 그녀 삶의 의미이자 원동력이었는데, 그 남편이 살인자로 판명나자 이제 아무것도 내세울 만한 가치가, 더 이상 살아갈 의미가 없어진 것이다. 목을 맨 나무가 하필 살구나무였다.

귀녀와 두 사나이가 읍내 관가로 끌려간 날 밤에도 비는 계속해 내렸다. (⋯)
평산의 집의 울타리 없는 마당가에 울타리 삼아서 내버려두었던 죽은 살구나무도 거무칙칙한 모습을 드러내었다.
“형! 형아아— 어무니가!”
“아이고오— 어머니이—”
거복이 형제가 외치며 울부짖었다. 함안댁이 목을 매고

죽은 것이다. 그 소리를 듣고 이웃인 야무네가 맨 먼저 쫓아왔다. 야무네가 마을을 향해 외치는 소리에 남정네들이 진흙길을 달려왔다.

거무죽죽하게 썩어가는 나무에 매달린 시체는 비에 흠씬 젖어 있었다. 떠들어대는 사람들 소동에는 아랑곳없이 죽음의 냄새를 맡은 까마귀들이 지붕 위에서, 정자나무 얽힌 가지 끝에서 까우까우 울었다.

"천하에 무작한* 놈! 돌로 쳐직일 놈 같으니라고."

눈에 핏발을 세운 남정네들은 옆에 평산이 있다면 찢어죽일 기세였다. (3권 9쪽)

그런데 함안댁이 목을 매는 것도 충격적이지만 그다음 장면도 잊을 수 없을 정도로 기억에 남는다.

옮겨지는 시체를 따라 사람들이 방 앞으로 몰릴 때 봉기는 짚세기를 벗어던지고 원숭이같이 나무를 타고 올라가서 목맨 새끼줄을 걸어 차근차근 감아 손목에 끼고 난 다음 나뭇가지를 휘어잡으며 툭툭 분지른다. 그 소리에 돌

* 우악스럽고 무지한.

아본 몇몇 아낙들이 머쓱해하는 표정을 지었으나 잠시였다. 어느새 나무 밑으로 몰려들었다. 바우랑 붙늘이, 마을의 젊은 치들도 덤비듯이 쫓아왔다. 모두 엉겨붙어 나뭇가지를 꺾어 간수하기에 바쁘다. 순식간에 나무는 한 개의 기둥이 되고 말았다. 넋빠진 것처럼 강청댁이 그 광경을 바라보고 서 있었다. 서 서방은 주저주저하다가 두만네와 마주보고 서서 눈물을 짜고 있는 마누라를 힐끗 쳐다본다. 그는 살며시 땅바닥에 떨어진 나뭇가지 하나를 주워 옷소매 속에 밀어 넣는다. 노상 횟배를 앓는 마누라 생각을 했던 모양이다. (3권 11쪽)

동네 사람들이 함안댁의 죽음을 슬퍼하면서도 함안댁이 목매단 나무의 가지들을 꺾어가고 목맨 새끼줄을 챙겨 넣는 것은 이것들이 '만병에 다 좋다'는 속설 때문이었다. 참으로 추한 장면이 아닐 수 없다. 『그리스인 조르바』에 여관 주인 오르탕스 부인이 죽자 동네 사람들이 슬퍼하며 만가를 부르다 말고 오르탕스 부인의 물건들을 제각각 쓸어담는 장면이 있다. 먹을 것, 입을 것, 살림도구들까지 다 쓸어가는 장면으로 인간의 추함을 드러내고 있다. 그런데 비슷한 장면이 『토지』에도 나오는 것이다.

살구꽃은 초봄에 연한 홍색으로 핀다. 고향을 생각나게 하는 추억의 꽃 중 하나다.

큰아들 거복이라도 사람 노릇을 했다면 함안댁이 살구나무에 목을 매는 극단적인 선택을 하지 않았을지 모른다. 그러나 큰아들 거복이는 인물도 아버지를 빼닮은 데다 도둑질을 일삼고 봉순이를 돌로 때려 이마에 상처를 내는 등 하는 짓도 아버지를 빼닮았다. 그는 나중에 용정에 독립지사를 잡아들이는 일본 밀정으로 등장해 온갖악행을 하는 인물로 나온다. 그런 거복이 김두수가 어머니 함안댁의 죽음을 회상하는 장면에 이 살구나무가 나온다.

치마를 뒤집어쓰고 살구나무에 목을 맨 어머니, 시체도 살구나무도 비에 흠씬 젖어 있었다. 봄을 재촉하는 실비가 새벽까지 내렸건만 움도 트지 못했던 죽은 살구나무.

(5권 100쪽)

거복이는 살구나무 가지를 꺾어간 것 때문에 더욱 마을 사람들에게 원한을 갖는다. 원주 박경리문학공원은 작가가 1980년부터 1998년까지 살면서 『토지』 4~5부를 집필한 옛집과 그 주변을 공원화한 곳이다. 이곳에는 살구나무를 여러 그루 심어놓았다. 그중 한 살구나무에는 이 대목과 함께 '거복이가 함안댁 죽음을 회상'하는 장면에 나온다는 설명을 적어놓았다.

그래도 함안댁의 어질고 나름 곧은 심성은 작은아들 한복이가 물려받은 모양이다. 한복이는 나중에 다시 평사리도 돌아와 동네 사람들과 어울려 살고, 형과의 관계를 역이용해 독립자금을 만주에 전달하는 등 독립운동에도 기여하는 인물이다. 특히 큰아들 영호가 동맹휴업을 주도하여 투옥됐다 나오자 동네 영웅이 되면서 동네 주민으로 완전히 받아들여지는 것으로 나온다.

덕수궁 석어당 옆 살구나무.
3월 말 꽃이 피면 주변의
기와와 어우러져 기품 있는
아름다움을 자아낸다.

매화와 살구꽃

살구나무는 고향을 생각하게 하는 추억의 나무 중 하나다. 어릴 적 동네 마을엔 살구나무가 많았다. 온 국민의 애창곡 「고향의 봄」에도 복숭아꽃과 함께 살구꽃이 나오고, "살구꽃 핀 마을은 어디나 고향 같다"는 이호우의 시조도 있다. 섬진강 시인 김용택의 시 「그 여자네 집」도 "봄이면 살구꽃이 하얗게 피었다가/꽃잎이 하얗게 담 너머까지 날리는 집"이었다. 우리 옆집에도 커다란 살구나무가 있어서 봄마다 하얀 꽃을 피웠고 곧이어 살구가 노랗게 익어 군침을 삼키게 했다.

내가 본 살구나무 중 가장 장엄한 것은 덕수궁의 명물, 석어당 옆 살구나무다. 회사가 덕수궁 근처라 거의 해마다 꽃이 만개한 나무를 보는데 볼 때마다 정말 장관이라는 생각이 든다. 주변의 기와와 어우러져 기품 있는 아름다움을 자아낸다. 만개하는 시기는 대개 3월 말이다.

3월 말이면 아직 매화가 남아 있는 시기라 매화와 살구꽃이 헷갈릴 수 있다. 매실나무와 살구나무는 같은 벚나무속Prunus이라 꽃으로 구분하기가 쉽지 않다. 일 년 내내 이 나무를 보는 생산자늘도 헷갈릴 정도라고 한다. 물론 매화는 향기가 진한 것으로 구분할 수 있지만 그것만

매화(왼쪽)는 꽃이 피어도 꽃받침이 꽃을 감싸고 있지만
살구꽃(오른쪽)은 꽃이 피면서 꽃받침이 뒤로 젖혀지는 경우가 많다.

으로는 부족할 때가 많다. 그때 매화인지 살구꽃인지 가려낼 방법이 더 있다. 절대적인 것은 아니지만, 꽃받침을 살피는 것이다. 매화는 꽃이 피어도 꽃받침이 야무지게 꽃을 감싸고 있지만 살구꽃은 꽃이 피면서 대개 꽃받침이 뒤로 젖혀지는 경우가 많다. 꽃받침이 발라당 뒤로 젖혀져 있으면 살구꽃이다.

두 나무의 열매인 살구와 매실도 비슷하게 생겨서 육안으로 구분하기가 쉽지 않다. 익은 과육을 벗겼을 때 씨앗이 잘 분리되면 살구, 잘 분리되지 않으면 매실이다. 또 과육을 벗겼을 때 씨앗에 작은 구멍 없이 매끄러우면 살구, 씨앗에 바늘로 콕콕 찌른 듯한 작은 구멍이 가득하면 매실이다.

　『토지』를 읽고 나서 살구꽃을 보면 평생 "거무겉이" 일하다 죽을 때도 불명예스럽게 죽은 여인 함안댁이 떠오른다. 부디 다음 생에서는 굳이 양반이 아니더라도 마음씨 착한 '소나아'*를 만나 편안한 삶을 살기를 기원하고 싶다.

　　*　사나이.

뚝새풀 같은 김평산·김두수 부자
뚝새풀

외모도 포악도 닮은 두 사람

『토지』에서 몰락한 양반 김평산은 대표적인 악인이다. 노름으로 세월을 보내면서 양반임을 내세워 아내 함안댁을 착취하고 평사리 사람들에게 손찌검을 하는 등 행패도 서슴지 않는다. 최참판댁 하녀 귀녀와 공모해 최참판댁 최치수를 살해한 것이 드러나 처형당하는 인물이기도 하다. 그런데 김평산 못지않은 악인이 있으니 그의 아들 거복이다.

김평산의 큰아들 거복은 어릴 때부터 손버릇이 나쁘고 동네 아이들을 때려 어머니 함안댁도 일찌감치 포기한 아들이다. 돌로 봉순이 이마를 때려 평생 상처를 남긴 인물이기도 하다. 함안댁이 "그놈 사람 되긴 글렀어. 부모의 말이 문서더라고 내가 이런 말 안 할려고 했더만, 우리 한복이나 믿고 살아야지"라고 생각할 정도다.

아버지 김평산의 범죄가 드러난 후 어머니 함안댁이 살구나무에 목을 매 자살하고 아버지는 처형당하자 잠시 함안 외가에서 살다가 간도에 가서 일본 밀정으로 정착했다. 딱 김거복다운 짓을 하는 것이다. 이름도 김두수로 바꾼다. 작가는 그를 "눈두덩이 부숭부숭하고 이마가 좁고 입술이 나왔으며 비대한 몸집"이라고 묘사한다.

그는 포악한 성격으로 독립군을 잡는 데 귀신같은 공을 세워 간도와 인접한 회령에서 순사부장에 오른다. 박정호의 아버지 박재수를 밀고해 총살당하게 한 것도 그가 한 짓이었다. 공노인의 양녀 송애를 겁탈해 정보원으로 삼고 심금녀를 체포해 고문하다가 자살에 이르게 하는 등 그가 움직이면 끔찍한 일들이 벌어져 읽기 거북할 정도다. 소설 막판까지 등장하지만 집요할 정도로 악인의 행적을 쌓는 인물이다.

오직 친동생 한복이에게만 일말의 애정을 갖고 있다. 오랫동안 헤어져 지낸 동생과 상봉한 후 자주 편지를 보내고 때때로 만나기도 한다. 국내에서 비밀리에 독립운동을 하는 송관수가 이 점을 역이용해 한복이에게 독립운동 자금을 만주에 전달하는 역할을 맡긴다. 하지만 일제는 이용 가치가 떨어진 김두수를 버린다. 그 후 신경新京에서 이용의 아들 홍이와 일본 군부의 폐차를 수리해 파는 일을 함께하기도 하고, 나중엔 서울로 들어와 신분을 감추고 살아간다. 해방 소식을 듣고 어떤 표정을 지었을지 궁금한 인물이다.

12권엔 김두수가 부산행 기차칸에서 조준구를 우연히 만나는 장면이 있다. 이때 김두수는 조준구가 아버지 김평산에게 최치수 살인을 사주한 사실을 거론하며 희롱한다. 악인 대 악인의 만남인 셈이다. 이 만남에서 조준구가 당황해 기차에서 내려버리는 것을 보면 김두수가 조준구보다 더 기가 센 악인이라는 것을 알 수 있다.

이런 김평산과 김두수는 어떤 식물에 비유해야 할까. 악인을 위한 식물을 고르는 일만큼 어려운 일도 없을 것 같다. 그런데 작가는 함안댁의 상징으로 살구나무를 설정해놓은 것처럼 김평산과 김두수에게 딱 맞는 식물을 골라놓았다. 다음은 김평산의 아내 함안댁이 밤새 길쌈을 하다 밭에서 풀을 매는 장면이다.

군데군데 잡아놓은 들판 못자리에는 볏모가 제법 송글송글 자랐다. 보리밭은 대개 다 매어서 이랑이 뚜렷하며 싱

뚝새풀은 논과 밭, 습지에서 자라는 잡초로 맹렬하게 자라
보리나 밀이 가져갈 양분과 햇볕을 빼앗는다.

그렇게 보였다. 몇 마지기 안 되는 논밭을 노름 밑천으로
팔아버리고 겨우 남은 것이라고는 큰 바위가 두 군데나
뻗치고 들앉은 밭 한 뙈기뿐인데 밤낮으로 길쌈품을 드는
함안댁으로서는 그거나마 김맬 틈이 없어 뚝새풀이 판을
치고 있었다.

'이래가지고 보리가 무슨 수로 견디겠노.'

함안댁은 보리밭에 주질러앉아 풀을 매기 시작한다. 유독
금년에는 뚝새풀이 기승을 부리는 것 같았다. (1권 189쪽)

김평산과 김두수 언행을 보면 그들은 잡초 중에서도 해로운 뚝새풀이 어울린다. 뚝새풀은 주로 논과 밭, 습지에서 자라는 잡초다. 특히 벼를 베고 난 후 논은 뚝새풀들 차지다. 정말 빈틈이 보이지 않을 정도로 빽빽하게 자란다. 겨울을 지나 이듬해 봄까지 자라다 논갈이를 하면 사라지기 때문에 벼에는 별 피해가 없다. 하지만 보리나 밀처럼 겨울을 나는 작물에게는 얘기가 다르다. 내버려 두면 잡초답게 맹렬한 기세로 자라나 보리나 밀이 가져가야 할 양분과 햇볕을 빼앗아버리기 때문이다. 작가가 이 점을 염두에 두고 함안댁이 뚝새풀을 매는 장면을 넣은 것 같다.

보리·밀 양분 빼앗는 뚝새풀

뚝새풀은 벼과 식물로, 뿌리에서 줄기가 여러 개가 나와 20~40센티미터 정도 길이로 자란다. 사실 뚝새풀이 자신을 김평산·김두수 부자에게 비유했다는 것을 알면 화를 낼지도 모른다. 김평산·김두수 부자는 뚝새풀만도 못하기 때문이다. 뚝새풀은 그나마 쓰임새가 있다. 우선 뚝새풀은 벼에는 해가 없고, 오히려 토양을 비옥하게 하는 비료식물이다. 또 과거 보릿고개 시절, 사람들은 보리마저 부족할 때면 보리밭에서 나는 뚝새풀 씨앗을 훑어다 죽을 끓여 먹었다. 필자가 자랄 때만 해도 보릿고개는 넘긴 시절이어서 뚝새풀 죽은 먹어보지 못했다.

뚝새풀은 둑새풀, 독사풀, 독새기풀 등으로도 불리지만 그 유래는 명확하게 알려지지 않았다. 순우리말 이름이라는 것은 분명하다. 우리 고향에서도 이 풀을 독새기풀이라 불렀다. 독새기는 독사의 전라도 사투리여서 이 풀에 대한 인상이 더욱 좋지 않다.

뚝새풀은 벼를 추수한 다음, 추워지기 전에 발아해 겨울을 보낸다. 습기를 머금은 논바닥 모퉁이에서 마치 녹색 털처럼 돋아난 것을 볼 수 있다. 그러다 봄이 시작되면 일제히 쑥쑥 자란다. 흰 빛이 도는 줄기는 속이 비어 있고 만져보면 아주 부드럽다. 소의 먹이로 쓰지만, 꽃이삭에 꽃밥이 생기면 소도 잘 먹지 않는다.

일본 잡초생태학자 이나가키 히데히로가 쓴 『풀들의 전략』을 보면 같은 뚝새풀이라도 논과 밭에서 자라는 뚝새풀의 생존 전략이 다르다. 논은 벼 하나만 키우기 때문에 안정적인 환경이다. 그래서 뚝새풀은 자가수분으로 적시만 크고 실한 씨앗을 만든다. 밭은 밭은 여러 작물을 기르기 때문에 언제 밭이 갈릴지 알 수 없는 불안정한 환

뚝새풀의 꽃이삭. 뚝새풀은 벼과 식물로 뿌리에서 줄기가 여러 개 나와
20~40센티미터 길이로 자란다.

경이다. 그래서 밭에 사는 뚝새풀은 작은 씨앗이지만 타
가수분을 통해 유전적 다양성이 높은, 여러 환경에 적응
할 수 있는 씨앗을 많이 만든다. 환경에 따라 씨앗의 크
기와 생식 방법이 다른 것이다.

대표적인 잡초 7가지

주변 식물에 관심을 갖다 보면 가장 먼저 눈에 들어오
는 것이 잡초다. 이들은 강인한 생명력을 가졌고 작고 가

벼운 씨앗을 대량 생산해 맹렬하게 퍼뜨리기 때문에 주변에 많을 수밖에 없다. 그중에서 도시에서도 흔히 볼 수 있는 것은 강아지풀, 쑥, 서양민들레에다 바랭이, 왕바랭이, 망초, 개망초, 쇠비름, 명아주, 환삼덩굴 정도가 아닐까 싶다.

바랭이는 잡초의 대명사다. 지면을 기면서 마디마다 뿌리를 내리는 방식으로 빠르게 퍼져 밭이나 과수원, 길가를 순식간에 장악한다. 뽑아내도 한 마디만 남아 있으면 다시 살아나기 때문에 뽑아도 뽑아도 계속 생긴다. 농민으로서는 이런 원수가 없다. 반면 일본 잡초생태학자 이나가키 히데히로는『풀들의 전략』에서 부드러운 기품과 빠른 세력 형성을 들어 바랭이를 '잡초의 여왕'이라고 했다.

왕바랭이는 옆으로 퍼지지 않는 대신 여러 줄기가 뭉쳐서 밟혀도 별 문제 없는 몸을 만들었다. 억세고 다부지게 생겨 남성적이다. 땅속으로 뻗는 뿌리도 깊어 여간해선 잘 뽑히지도 않는다.『풀들의 전략』에서는 왕바랭이의 굵은 이삭이 '호걸의 짙은 눈썹' 같다고 했다.

망초와 개망초 구분은 야생화 공부의 시작이다. 야생화 모임에 가면 "내가 망초와 개망초도 구분하지 못했을

▲ 바랭이는 지면을 기면서 마디마다 뿌리를 내리는 방식으로 빠르게 퍼진다.
▼ 왕바랭이는 옆으로 퍼지지 않는 대신 여러 줄기가 뭉치고 뿌리도 깊어 밟혀도
문제 없이 자란다.

▲ 개망초는 흰 혀꽃에 노란 통심꽃을 맺고 있어 '계란꽃' 또는 '계란후라이꽃'이라고 부른다.

▼ 망초는 꽃이 볼품없이 피는 듯 마는 듯 지는 식물이다.

때"라는 말을 가끔 듣는다. 개망초는 꽃 모양을 제대로 갖춘, 그런대로 예쁜 꽃이다. 흰 혀꽃*에 노란 중심부를 보고 아이들이 '계란꽃' 또는 '계란후라이꽃'이라 부른다. 반면 망초는 꽃이 볼품없이 피는 듯 마는 듯 지는 식물이다. 식물 이름에 '개'자가 들어가면 더 볼품없다는 뜻인데, 개망초꽃은 망초꽃보다 더 예쁘다. 망초라는 이름은 개화기 나라가 망할 때 들어와 전국에 퍼진 풀이라고 붙여진 것이다.

쇠비름은 가지를 많이 치면서 사방으로 퍼져 방석 모양으로 땅을 덮는다. 뽑더라도 그대로 두면 다시 살아날 정도로 끈질기다. 내가 읽은 소설 중에서 이 잡초를 가장 실감 나게 묘사한 소설은 천명관의 장편 『나의 삼촌 브루스 리』다. "쇠비름보다 더 악랄한 새끼!" "뽑아내도 뽑아내도 질기게 다시 뿌리를 내리는 쇠비름처럼" 같은 대목이 있다.

명아주도 어디에나 있는 흔하디흔한 잡초의 하나다. 줄기 가운데 달리는 어린잎이 붉은빛이나 흰빛을 띠는 것이 특징이다. 다 자란 명아주를 말려 만든 지팡이를 청

* 국화나 민들레 등에서 꽃잎처럼 보이는 부분.

▲ 명아주는 줄기 가운데 달리는 어린잎이 붉은빛이나 흰빛을 띤다.
▼ 환삼덩굴은 황폐한 곳에서 흔히 자라는 외래종 덩굴식물로 왕성하게 생장해
   토종식물을 감거나 덮으면서 큰 피해를 준다.

쇠비름은 가지를 많이 치면서 사방으로 퍼져 방석 모양으로 땅을 덮는 잡초다.

려장靑藜杖이라 하는데, 가볍고 단단해 지팡이로 제격이다.

환삼덩굴은 황폐한 곳에서 흔히 자라는 외래종 덩굴식물이다. 왕성한 생장력으로 토종 식물을 감거나 덮으면서 자라 큰 피해를 주는 식물이다. 환경부도 2019년 생태계 교란 식물로 지정했다. 잎 양쪽 면에 거친 털이 있어서 옷에 잘 붙는다. 그래서 아이들이 가슴에 훈장처럼 붙이며 놀아 '훈장풀'이라고도 부른다. 맥주의 향을 내는 홉과 같은 속이라 비슷하게 생겼다.

머루덩굴 같은 귀녀의 집념

머루

『토지』1부는 계집종의 욕망이 시작

　『토지』라는 거대한 소설은 계집종 귀녀의 욕망에서 시작한다고 해도 과언이 아니다. "한낱 계집종의 욕심과 허망의 결과가『토지』1부 이야기"*인 것이다. 귀녀의 욕망이 최참판댁을 결딴내고 김평산과 칠성이를 죽음으로 몰아가고 그 가정을 파괴하고 서희 일행을 용정으로 떠나게 만드는 것이『토지』1부의 줄거리다.

　최참판댁 계집종인 귀녀는 독사 같은 기질과 심술궂고 음흉한 성격을 가졌다. "천장 위에 구렁이가 든 것처럼" 주변 사람들의 마음을 편치 않게 만든다. "세차게 치면

---

* 　최유희, 「허망을 꿈으로 품은 계집종」,『토지인물열전』, 마로니에북스, 2019, 295쪽.

세차게 돌아오는 공 같은 여자"이고 "신경질적이 아닌 찐 득하게 물고 늘어지는 그런 집요한 반격"을 하는 여자다.

여기에다 "고릿적부터 최씨네는 지체 높은 양반이고 내 피는 종이었겠소?"라는 생각을 가진 여자다. 그래서 계집종 신분을 벗어나는 것은 물론 만석꾼 살림과 안방 마님 자리를 넘보는 야망까지 가졌다. 더 나아가 "나를 종으로 부려먹은 바로 그 연놈들을 종으로 내가 부려먹 고 싶다"는 소원을 갖고 있다. 욕망을 넘어 반역을 꿈꾸 는 것이다.

귀녀는 최치수의 아이만 가지면 그 집 재산은 모두 자 기가 낳을 아들에게 돌아갈 것이라고 계산한다. 별당아 씨가 머슴과 야반도주하고 딸 서희만 남았으니 실현 불 가능한 시나리오는 아니다. 그러나 최치수는 귀녀에게 전혀 관심이 없다. 아니 그런 귀녀의 욕망을 알고 '안 건 드리고 바라보는 재미'에 푹 빠져 있다.

몰락한 양반 김평산은 귀녀가 강포수를 통해 여우 거 시기를 구한다는 것을 알고 주목한다. 그래서 귀녀에게 접근해 샛서방*을 구해주겠다고 제안한다. 최치수의 싸

---

* 남편이 있는 여자가 새치기로 관계하는 사내.

늘한 외면에 앙심을 품은 귀녀는 이 제안을 받아들인다. 그리고 한술 더 떠 계집아이만 남겨야 한다고 말한다. 서희만 남기고 최치수를 없애자는 것이다. 이 말에 김평산조차 전율하며 줄은 귀녀가 쥐고 있고 자기는 재주만 부리는 곰임을 깨닫는다. 결국 평산과 귀녀는 임이네 남편 칠성이의 씨를 받고 귀녀가 임신하면 최치수를 없애자는 음모를 꾸민다.

이즈음 최치수는 지리산에서 산짐승을 사냥하는 강포수를 불러들인다. 자신의 집에서 머슴살이를 하다 자신의 아내 별당아씨와 야반도주한 구천이를 찾기 위해 강포수와 머슴 수동이를 데리고 지리산으로 떠난다. 최치수 일행은 산속을 헤맨 끝에 구천이를 발견했지만 구천이는 수동이의 도움으로 위기에서 벗어날 수 있었다. 그러나 최치수는 쉽게 포기하지 않는다. 최치수 일행이 산을 헤맬 무렵, 작가는 귀녀의 집념과 최치수의 집념을 소나무를 휘감고 올라간 머루덩굴에 비유한다.

소나무를 꾸불꾸불 휘감고 올라간 머루덩굴을 쳐다본다. 바싹 죄어가며 제 부피를 늘이고 있는 머루덩굴, 늙은 짐승의 겉가죽 같기도 했고, 강하게 강하게 감고 올라간 덩

소나무를 휘감은 머루덩굴. 『토지』에는 귀녀의 집념을 머루덩굴에,
최치수의 집념을 소나무에 비유하는 대목이 나온다.

굴은 뱀같이 징그럽기도 했다. (…)

최치수는 강포수도 수동이도 없는 텅 빈 산막 안에 홀로 앉아, 낯선 자기 자신을 바라보고 있는 것처럼 그런 모습으로 움직이지 않았다. 머루덩굴의 집념과 최치수의 집념에는 얼마만 한 거리가 있는 것일까. 귀녀의 집념이 머루덩굴을 닮았다면 치수의 집념은 덩굴에 휘감기면서 하늘로 뻗으며 제자리를 양보하지 않으려는 소나무의 의지를 닮았다 할 수 있을는지도 모르겠다. (2권 190~192쪽)

귀녀와 최치수의 집념을 머루덩굴과 소나무를 통해 잘 보여주는 대목이다. 최치수는 지리산을 더 헤매지만 수동이가 선불 맞은 산돼지에게 중상을 입는 것을 계기로 돌아올 수밖에 없었다. 한편 강포수는 최치수와 지리산에 동행하기 전후 최참판댁에 머물다 귀녀에게 반해버린다. 애간장을 태우던 강포수는 밤마다 나가서 칠성이를 만나고 오는 귀녀를 만나 사랑을 고백한다. 귀녀는 이왕 버린 몸이라는 생각으로 강포수에게 몸을 허락해버린다. 귀녀는 곧 임신했는데 강포수 자식일 가능성도 배제할 수 없다.

귀녀의 임신을 확인한 평산은 마을 사람들이 정월 대

보름날 밤 잔치를 벌이는 틈에 최치수를 노끈으로 목 졸라 살해하고 불을 지른다. 마침 미친 또출네가 함께 불에 타죽으면서 또출네가 불을 질러 최치수가 사망한 것으로 잠정 결론이 난다.

귀녀의 배가 불러오자 윤씨부인은 귀녀를 불러 누구의 아이인지를 추궁한다. 계획대로 귀녀가 울면서 최치수의 아이를 가졌다고 주장하자 윤씨는 귀녀를 광에 가둔다. 최치수는 서희를 낳은 후 남자구실을 할 수 없는 몸이라는 것을 윤씨는 알고 있었던 것이다. 귀녀는 광에 갇힌 채 며칠을 물 한 모금 먹지 못하다 사건 전모를 자백하지 않을 수 없었다. 김평산과 칠성이는 관가로 끌려가 처형당한다.

귀녀가 아이를 출산할 때까지 처형이 미루어지자 강포수는 헌신적으로 옥바라지를 한다. 귀녀는 강포수의 아낙으로 살았으면 하고 뒤늦게 후회하며 죽는다. 귀녀와 강포수 인연의 마지막은 다음과 같다.

"내 그간 행패를 부리고 한 거는 후회스러바서 그, 그랬소. 포선삐삐 쏘고 당신하고 살 것을, 강포수 아, 아낙이 되어 자식 낳고 살 것을, 으으흐흐…"

밖에 나온 강포수는 담벼락에 머리를 처박고 짐승같이 울었다. 하늘에는 별이 깜박이고 있었다. 북두칠성이 뚜렷하게 나타나서 깜박이고 있었다.

오월 중순이 지나서 귀녀는 옥 속에서 아들을 낳았다. 그리고 여자는 세상을 원망하지 않고 죽었다.

강포수는 귀녀가 낳은 핏덩이를 안고 사라졌다. (3권 38쪽)

소설은 "그를 아는 사람 앞에 그는 다시 나타나지 않았다"고 했다. 그러나 2부에서 강포수는 용정에 아들 '강두메'를 데리고 나타난다. 공노인 등에게 돈과 함께 아들을 맡기며 공부시켜 줄 것을 부탁한다. 그리고 나서 강포수는 아들의 출생 비밀을 영원히 감추기 위해 스스로 목숨을 끊는다. 머리 좋은 두메는 소설 후반부에 잘 성장해 중국 군관학교를 졸업하고 공산주의자로 독립운동을 하는 것으로 나온다.

다른 나무 감으며 크는 토종 포도

머루는 포도과에 속하는 덩굴성 나무다. 줄기가 변한 덩굴손으로 다른 물체를 감아올리면서 맹렬하게 세력을 넓힌다. 포도가 우리나라에 전래되기 전에는 이 머루가 포도를 대신했다. 산에서 뛰어놀다 운이 좋아 발견하면 따 먹던 열매다.

최치수 일행이 구천이를 추적하는 과정에서 구천이를 처음 본 자리에는 "칡뿌리가 굴러 있었고 기운 무명 자루에 머루가 가득 들어" 있었다. 칡뿌리와 머루를 비상식량으로 저장한 흔적이라고 할 수 있다.

머루 하면 "살어리 살어리랏다 청산에 살어리랏다. 머루랑 다래랑 먹고 청산에 살어리랏다"라는 고려가요 「청산별곡」이 생각나는 사람이 많을 것이다. 다래는 우리나라의 깊은 산에서 자라는 낙엽이 지는 덩굴성 식물이다. 다래의 꽃은 수꽃과 암꽃이 각각 있고 대개 암수가 따로 자란다. 수꽃과 암꽃은 모두 매화를 닮았다. 그중 암꽃은 아주 깨끗한 순백색의 꽃잎을 가지며 가운데에 툭 튀어나온 암술이 있다. 수꽃은 상아색 꽃잎을 가지며 진한 보라색 화분을 가진 수술이 많이 달린다. 다래는 열매가 둥근 편이다.

머루 종류는 왕머루, 머루, 새머루, 개머루 등이 있는데 이 가운데 산에서 가장 흔한 왕머루와 개머루 정도는 알아누면 좋겠다. 왕머루나 개머루 모두 3~5개로 갈라지는 잎 모양은 비슷해 잎만 보고 둘을 구분하기는 어렵다. 꽃

다래는 우리나라의 깊은 산에서 자라는 낙엽이 지는 덩굴성 식물이다.
다래의 꽃은 수꽃과 암꽃이 각각 있고 대개 암수가 따로 자란다.

이나 열매가 있으면 둘을 구분하기가 수월하다. 우선 열매가 있으면 왕머루는 포도처럼 검은색으로 익고 개머루는 파란색이나 자주색으로 푸르뎅뎅하게 익으니 구분하기가 쉽다. 옛날엔 이 개머루 열매를 먹지 못하고 버렸으나 요즘 간에 좋은 약재로 알려져 인기를 끈다고 한다. 이런 점을 종합하면 귀녀의 집념을 닮은 머루덩굴, 구천이가 비상식량으로 모은 머루는 왕머루일 가능성이 높다.

왕머루(위)와 개머루(아래)는 3~5개로 갈라지는 잎 모양이 비슷하다. 하지만
왕머루는 열매가 포도처럼 검은색으로 익고 개머루는 푸르뎅뎅하게 익는다.

꽃이 피었을 경우 왕머루는 포도처럼 원뿔모양꽃차례, 개머루는 취산꽃차례*인 것으로 구분할 수 있다. 새머루는 대부분 잎이 갈라지지 않고 잎 끝이 좀 긴 것이 특징이다. 우리가 흔히 먹는 포도는 서아시아 원산으로, 왕머루와 같은 속이다. 포도는 왕머루에 비해 열매가 클 뿐만 아니라 잎 뒷면이 흰빛을 띠는 점으로 구분할 수 있다.

*   꽃대 끝에서 꽃이 핀 다음 그 밑에서 가지가 갈라져 꽃들이 피는 꽃차례.

사
랑
의

꽃

별당아씨 "진달래꽃 화전 드리고 싶어요"

진달래꽃

의도와 언행은 흐릿, 사랑 쟁취한 주체적 여성

별당아씨는『토지』의 흥미를 한껏 높이는 여인이다. 유교의 나라 조선 말기에 양갓집 아씨가 불륜, 그것도 자기 집 머슴과 야반도주하는 것보다 더 흥미로운 이야기가 얼마나 있을까. 더구나 작가는 별당아씨를 미모의 여인으로 그려 더욱 호기심을 자극한다. 딸 서희가 별당아씨 미모를 빼닮았다.

별당아씨의 꽃으로 진달래를 고르는 것은 쉬운 일이다. 소설『토지』에서 별당아씨가 나올 때면 진달래가 나오고, 그것도 반복해서 나오기 때문에 작가가 별당아씨의 상징꽃으로 진달래꽃을 택한 것이 분명하다. 진달래가 나오는 장면 중에서도 가장 인상적인 것은 김환, 즉 구천이가 묘향산 골짜기에서 죽은 별당아씨를 회상하는

진달래는 예전에 꽃잎을 따서 허기를 채운 꽃이다. 그래서 먹을 수 있다고
참꽃이라 불렀다. 화전을 붙여 먹기도 했다.

장면이다.

'산에 진달래가 필 텐데 말예요.'
'…'

'그 꽃 따서 화전을 만들어 당신께 드리고 싶어요… 당신
께 드리고 싶어요, 당신께 드리고 싶어요, 당신께, 당신
께, 싶어요 싶어요 싶어요 싶어요…'
여자의 목소리는 진달래꽃 이파리가 되고, 꽃송이가 되고
계속하여 울리면서 진달래의 구름이 되고 진달래의 안개

가 되고 숲이 되고 무덤이 되고, 붉은 빗줄기, 붉은 눈송이, 붉은 구름 바다. 그 속을 자신이 걷고 있다는 환각 속에 환이는 쓰러졌다. 꿈속에서 울었다. 꿈속에서 가슴을 쳤다. 여자를 부르고 달려가고 울부짖고, 여자가 죽어 이별한 뒤 환이는 줄곧 꿈속에서만 울었다. (4권 251~252쪽)

이런 사연이 있으니 김환이 진달래꽃만 보면 죽은 별당아씨를 보는 것처럼 애절해졌을 것이다. 위 대목은 6권, 11권 등에서도 환이가 별당아씨를 회상할 때 거의 그대로 반복된다. 작가가 이들의 사랑을 아름답게, 안타깝게 그리려고 이 부분에 상당한 공을 들였다는 느낌을 받을 수 있다.

화전花煎은 찹쌀 반죽에 진달래 등 먹을 수 있는 꽃을 붙여 납작하게 지진 것이다. 꽃부꾸미, 꽃지지미, 꽃달임이라고도 했는데 주로 후식으로 달콤하게 먹었다. 화전은 봄에는 진달래와 배꽃, 여름에는 장미, 가을에는 국화로 만들었고 꽃이 없으면 쑥이나 미나리 등으로도 만들었다.

별당아씨의 꽃을 고르는 것은 쉽지만 별당아씨가 누구인지, 별당아씨가 왜 머슴인 구천이와 야반도주를 했는지 등을 이해하는 것은 쉽지 않다. 최치수는 첫 부인과 사별하고 별당아씨와 재혼했다. 그런데 별당아씨는 주요 등장인물 중 유일하게 성도 이름도 나오지 않는다. 그냥 별당아씨다. 서울의 가난하지만 엄한 가풍의 집안에서 자랐다고만 설명된다.

『토지』는 다양한 인물을 등장시켜 사건을 전개하는 방식인데, 한 번도 별당아씨 시각에서 사건을 전개하지 않는다. 별당아씨의 말과 행동은 다른 사람들 시선이나 전언으로, 서희와 김환의 회상 형식으로밖에 나오지 않는다. 앞의 인용 대목에서 나오는 말을 큰따옴표가 아니라 작은따옴표로 감싼 것도 그 때문이다. 이런 방식은 별당아씨를 신비롭게 보이게 하는 측면이 없지 않지만 의도와 언행이 흐릿해서 주체적이지 못한 인물로 비치는 것도 사실이다.

별당아씨가 어떤 과정을 거쳐, 당시에는 목숨을 내놓고 시도했어야 할, 머슴과 사랑에 빠지고 야반도주를 했는지는 상당한 궁금증을 낳는 일이다. 그러나 이 점도 흐릿하게밖에 나오지 않는다. 최치수가 사별한 첫째 부인과는 사이가 좋았지만 재혼한 별당아씨에게는 애정이 없었다는 점은 분명하다. 두 사람은 소설 속에서 단 한 차례도 마주하거나 대화를 나누지 않는다. 귀녀가 구천이를 꾀어 별당아씨와 만나게 하고 그것을 윤씨부인에게 고해바쳤다는 삼월이 얘기가 있지만 진위 여부를 짐작할 수 있는 단서는 없다.

작가는 김환의 시각을 통해 두 사람의 사랑이 얼마나 애절했는지 전하고 싶어 하는 것 같지만 두 사람이 사랑에 빠진 계기, 지리산으로 도주하는 과정과 도피 생활 등이 구체적으로 나오지 않으니 독자로서 답답한 마음이 든다. 별당아씨도 분명 딸인 서희를 그리워했을 텐데 이런 내용도 제대로 드러나지 않는다. 구천이와 최참판댁을 떠날 때 별당아씨 고개는 자꾸만 최참판댁으로 향했다는 언급 정도다. 작가는 나중에 서희가 "그러면 보복을 하기 위해서 별당의 그 여자를 유인해갔다 그 말씀이시오?"라고 묻자 길상이가 "그것은 사랑이었소"라고 말하는 형식으로 이 둘의 사랑을 전한다. 하지만 그 이전의 구체적인 언행이 드러나지 않으니 곧바로 고개가 끄덕여지지 않는다.

2004~2005년 방송한 SBS 드라마 『토지』는 이런 점을 보완하려는 듯, 별당아씨가 불공을 드리기 위해 절에 가다가 '화적 떼'를 만나는 장면을 넣었다. 이 과정에서 구천이가 별당아씨를 구하고 밤을 함께 보내는 것으로 설

정했다. 원작에는 없는 부분이다. 누명을 쓰고 억울하게 도피하면서 사랑이 싹튼다는 설정도 마찬가지다. 별당아씨 역할이 커지면서 서희에 대한 모정도 부각시켰다.

별당아씨가 죽기 직전 "나도 저 새들같이 한번 날아보았으면, 산속을 한 번만 거닐어 보았으면"이라고 말하는 대목이 있다. 새처럼 날아보기를 희망한 여인인 것이다. 강은모 경희대 교수는 『토지 인물열전』별당아씨 편에서 "사실 『토지』의 모든 등장인물들 이야기는 결국 여성의 자유, 신분의 자유, 사랑의 자유, 조국의 자유 등 자유에 닿아 있다"며 "별당아씨 역시 사랑을 선택함으로써 궁극적으로는 자유를 얻고 싶었을 것"이라고 했다.

주체적으로 그려지지 않아서 그렇지, 별당아씨는 당시 인습을 거부하면서 목숨을 걸고 사랑을 성취한 용기 있는 여성이라고 할 수 있다. 물론 지금 기준으로도 도덕적인 비난을 피할 수 없다는 점을 전제로 하는 얘기다. 구천이와 야반도주한 것이 1897년, 묘향산에서 죽은 것이 1902년이니 5년 동안, 더구나 그 기간에도 병을 앓는 불행을 겪긴 했지만 별당에 틀어박혀 사는 것을 과감하게 거부하고 구체적인 삶을 산 것이다. 나중에 서희도 자신을 사모한 박 의사의 자살 소식을 듣고 눈물의 둑이 터지

진달래는 잎보다 꽃이 먼저 피고 꽃잎이 얇다. 꽃잎이 다섯 갈래로
벌어져 있지만 아래는 붙어 있는 통꽃이다.

면서 비로소 어머니 별당아씨와 구천이의 사랑을 이해하
는 장면이 나온다.

먹을 수 있는 참꽃

진달래를 빼고 봄을 얘기하기는 어려울 것이다. 봄은
진달래와 함께 오고, 진달래가 지고 나면 비슷하게 생긴
산철쭉, 철쭉, 영산홍이 잇따라 피어난다. 『토지』 4부에서
도 해도사와 소지감이 지리산 산막에서 얘기할 때 "진달
래철은 갔다. 골짜기마다, 개울가 바위틈에 철쭉은 터질

철쭉(위)과 산철쭉(아래)은 꽃과 잎이 함께 핀다. 철쭉은 꽃이 연분홍,
산철쭉은 진분홍이다.

듯 봉오리를 물고 있었다"는 대목이 나온다.

진달래는 잎보다 꽃이 먼저 피기 때문에 진달래와 나머지 철쭉류를 구분하는 것은 비교적 쉽다. 또 진달래는 꽃잎이 매우 얇다. 진달래꽃은 다섯 장의 꽃잎이 벌어져 있지만 아래는 붙어 있는 통꽃이다. 잎은 긴 타원형으로 양 끝이 좁고 가장자리가 밋밋하다. 진달래꽃은 어느 산에나 흔하지만 여수 영취산, 강화 고려산, 대구 비슬산, 창녕 화왕산 등이 특히 진달래꽃으로 유명하다.

진달래는 먹을 것이 없던 시절 꽃잎을 따서 허기를 채운 꽃이기도 하다. 진달래는 먹을 수 있어 참꽃, 철쭉은 독성 때문에 먹을 수 없어 개꽃이라 불렀다. 진달래 꽃잎을 따서 먹어보면 약간 시큼한 맛이 난다.

다음으로 철쭉은 꽃과 잎이 함께 핀다. 철쭉은 '연한' 분홍색으로, 진달래와 달리 꽃잎 안쪽에 붉은 갈색 반점이 있다. 꽃이 연한 분홍색이라 연달래라고도 부른다. 잎도 진달래는 길쭉하지만 철쭉은 둥근 잎이 5장씩 돌려나는데 주름이 있다. 피는 시기도 진달래는 3~4월이지만, 철쭉은 5~6월이다.

산철쭉은 그 중간인 4~5월에 피는 꽃이다. 그러니까 피는 시기가 진달래, 산철쭉, 철쭉 순이다. 산철쭉은 철쭉보다 색깔이 '진한' 분홍색이고, 잎은 진달래와 비슷한 긴 타원형이다. 산철쭉은 보통 계곡 등 물가에 많이 피어 수달래라는 이름도 갖고 있다.

공원이나 화단에서 꽃이 작은 편이면서 화려한 색깔을 뽐내는 원예종 영산홍도 있다. 영산홍은 일본에서 산철쭉 등을 개량한 원예종을 총칭하는 이름이라 왜철쭉이라고도 부른다. 영산홍은 아직 학문적으로 특징이 명확하게 정리돼 있지 않다. 대체로 잎이 작고 좁으며 겨울에도 잎이 떨어지지 않는 반상록이 많다. 정원의 축대 사이나 돌 틈을 장식하는 조경수로 많이 심고, 가지가 많이 뻗는 성질을 이용해 울타리로도 이용한다.

영산홍 중에는 산철쭉과 비슷하게 생긴 품종도 있어서 둘을 구분하는 것은 전문가들도 어려워한다. 하나 확실한 것은 산철쭉은 겨울에 잎이 다 떨어지지만 영산홍은 초봄에도 작고 좁은 잎이 남아 있는 경우가 많은 반상록성이라는 점이다. 그러니까 초봄에 묵은잎이 붙어 있으면 영산홍이다.

정리하면, 산에서 잎이 없이 꽃만 피었으면 진달래, 잎과 꽃이 함께 있으면 철쭉이나 산철쭉이나. 그리고 꽃이 연분홍색이고 잎이 둥글면 철쭉, 꽃이 진분홍색이고 잎

영산홍은 산철쭉을 개량한 원예종을 총칭하는 이름이다. 공원이나 화단에서
산철쭉 비슷하면서 화려한 색깔을 뽐내는 원예종은 거의 영산홍이다.

이 긴 타원형이면 산철쭉으로 보면 틀리지 않을 것이다.
여기에다 공원이나 화단에서 꽃이 작으면서 화려한 색깔
을 뽐내고 있으면 영산홍이라고 할 수 있다.

진달래에 더 관심이 있으면 귀한 편이지만 진달래와
비슷한 참꽃나무, 털진달래, 꼬리진달래, 흰참꽃나무를
찾아보아도 좋을 것이다. 이 가운데 참꽃나무는 제주도
에서 자생하는 나무인데, 2022년 개방한 청와대 본관 입
구에 심어놓은 것을 볼 수 있다. 5월에 잎과 함께 꽃이 나
오는데 색감이 참 화사하다.

용이와 월선이의 사랑의 상징 버드나무
버드나무

월선이 떠난 길목에 우뚝우뚝 서 있는 나무

소설 『토지』에는 별당아씨와 구천이, 길상이와 봉순이, 귀녀와 강포수, 유인실과 일본인 오가다 등 많은 사랑 이야기가 있다. 그중에서 작가가 적어도 1부에서 가장 많은 지면을 할애했고 독자들도 관심을 갖고 안타까워하는 러브 라인은 용이와 월선이 사이가 아닐까 싶다.

두 사람은 어릴 적부터 좋아하는 사이지만 월선이가 무당 딸이라는 벽에 막혀 결혼하지 못했다. 용이 어머니가 식음을 전폐하며 반대했기 때문이다. 용이는 "일 속에 파묻혀 사는 농촌 아낙들, 그중에서 과부라든가 내외간의 정분이 없는 여자들에게 야릇한 심화를 일게 하는 만큼 잘난 남자"였다. 또 최치수의 말로는 "여인을 보석으로 생각하는, 이 땅의 복 많은 농부"였다. 월선이는 "푸른

빛이 도는 눈"에 "분꽃같이 뽀얀" 얼굴이었다. 잘 어울릴 듯한 두 사람은 신분의 벽 앞에서 좌절할 수밖에 없었다. 월선이는 나이가 스무 살이나 많고 다리도 저는 남자에게 시집갔고 용이는 강청댁과 혼인했다.

그런데 월선이는 잘 살지 못하고 10여 년 만에 돌아와 읍내 삼거리에 주막을 차린다. 용이는 장날마다 읍내에 나가고 강청댁은 장날이 원수일 수밖에 없다. 그러다 읍내에서 오광대놀이 공연이 벌어진 날 밤, 용이와 월선이는 밤을 같이 보낸다. "어느 시 어느 때 니 생각 안 한 날이 없었다. 모두 다 내 죄다. 와 니는 원망이 없노!" 용이가 월선에게 한 말이다. 둘 사이를 눈치챈 강청댁은 "이놈의 살림살이 탕탕 뽀사뿌리고 내가 머리 깎고 중이 되든가 해야지"라며 반발한다. 이런 강청댁과 주변의 시선때문에 용이와 월선이는 "만나면 고통스럽고 헤어질 때는 더욱 고통스러웠던 그 순간들"일 수밖에 없었다.

그런데 월선이가 평사리까지 찾아와 용이를 만나고 간 것을 안 강청댁은 삼십 리 밤길을 달려가 월선이에게 행패를 부린다. 이에 월선이는 아무 연락도 없이 '강원도 삼장시'와 떠났다. 이를 뒤늦게 안 용이는 산에 올라가 멍하니 앉아 있는 날이 많아졌다. 이때 용이와 월선이의

섬진강 버드나무. 『토지』에서 용이가 말도 없이 떠나버린 월선이를
그리워할 때마다 나온다.

사랑의 상징으로 나오는 것이 버드나무다. 섬진강 둑길
에는 키 큰 버드나무들이 우뚝우뚝 서 있었다.

용이는 주질러앉은 채 아까부터 버드나무가 우뚝우뚝 서
있는 쪽을 멍하니 바라본다. 풀지게를 지고 용이 앞을 지
나가는 영팔은 곁눈으로 퀭하니 뚫린 것같이 허무한 용이
의 눈을 본다. (2권 131쪽)

용이는 가끔 지게를 지고 산으로 올라갔다. 산에 가면 그는 맥을 놓았다. 가랑잎을 긁어모아서 불을 지펴놓고 한없이 강물을 바라보는 것이다. 얼마나 오랜 세월을 이렇게 살아야 하는지 용이는 자기 자신에게 물어보기도 했다. 사내 자식이 떠난 계집을 왜 이렇게 잊지 못하는지 자신에게 화를 내보기도 했다. 마을에 강이 없고 길이 없었으면 하는 생각을 해보기도 했다. 그랬더라면 나룻배에 월선이가 타 있을까, 길목을 월선이 우죽우죽 걸어올까 하는 생각도 일어나지는 않았을걸, 나룻배와 큰 키 버드나무가 우뚝우뚝 서 있는 길을 보면 항상 용이의 가슴은 떨렸고 그곳에서 월선이 모습을 찾지 못했을 때 용이는 제 눈이 멀었으면 생각하는 것이었다. (2권 250쪽)

용이는 평사리 의거에 합류하며 의병에 참여했다. 의병이 어디에 모여 있다는 소식 외에는 용이가 살았는지 죽었는지도 알 수 없다. 이번에는 월선이가 날마다 하동 장터 나루터에 나가 하염없이 기다린다. 혹시나 장배가 오는지, 거기에 용이가 있거나 용이 소식이라도 들을지 기다리는 것이다. 소실엔 별다른 묘사가 없지만 그 껑기에도 우뚝우뚝 서 있는 버드나무가 많았을 것이다. 월선이가 집으로 걸어가는 길에는 "잎 떨어진 버들가지가 바람에 홀렁홀렁 날리고 있"었다.

월선이가 따라간 강원도 삼장시는 삼촌이었다. 월선은 간도에서 숙모와 국밥집을 차려 돈을 모아서 다시 돌아온다. 그런데 그사이 강청댁은 평사리를 덮친 호열자로 허망하게 죽는다. 대신 임이네가 용이 아이를 낳고 같이 살고 있었다. '용이-월선이-강청댁'에 이어 '용이-월선이-임이네'라는 새로운 삼각관계가 생긴 것이다. 이 관계는 세 사람이 서희 일행과 함께 간도에 가서도 이어져 많은 애깃거리를 만든다.

이런 용이와 월선이의 사랑 과정을 장다리꽃과 노랑 나비로 아름답게 묘사한 대목도 있다. 장다리꽃은 꽃잎이 네 개인 십자화과, 배추나 무의 꽃을 이르는 말이다. "노랑 꽃이파리"라고 표현한 것으로 보아 배추꽃이다. 무 꽃은 연한 자주색 또는 흰색이다.

용이는 자신이 많이 변했다고 생각했다. 봄볕 따스한 장 다리밭에 보송보송 핀 노랑 꽃이파리 위를 노랑나비가 나 풀거리는 것 같았던 화사한 젊은 날, 아니 어린 날 월선이 를 못 잊어 울었던 소년은 장가를 들었고 꽃샘바람이 불던 이른 봄 할미꽃을 꺾어왔던 담방처마의 어린 새댁을 연민의 눈으로 보지 않을 수 없었던 어진 젊은이는 가끔 우스갯소리도 했고 명주수건에 장구를 메고 맴을 돌면서 인생의 허무를 부드럽게 어루만지기도 했었다. 월선이 돌아왔을 적에 수줍고 염치 바르고 도덕심이 굳었던 삼십의 사나이는 그러나 보송보송 핀 노랑 꽃이파리에 나풀거리던 나비는 될 수 없었다. 벌겋게 단 무쇠를 잡듯이 그 아픔은 참으로 황홀하고 아름다운 것이었다. 월선이 다시 종적을 감춘 후 줄이 끊겨 허공에 뜬 연처럼 이태의 세월을 보내었고 그런 뒤로 강청댁과 임이네 두 여자에게 향한 욕정의 광풍은 용이로 하여금 지옥의 밑바닥을 보게 했다. 강청댁이 죽고 임이네는 홍이를 낳았고 액병이 지나간 자리에 많은 죽음을 보았고 흉년을 겪었다. 그러나 고난에 이지러진 사내는 숙명처럼 나타난 월선이 앞에 다시 섰던 것이다. (4권 121쪽)

"줄이 끊겨 허공에 뜬 연"이라는 표현이 인상적이다. 버드나무는 우리 고전에 주로 여인이 이별할 때 건네는 사랑의 싱교믜 ㅔ주ㅣㅣㅇ는 나무다, 조선 기생 홍랑이 최경창을 떠나보내며 쓴 시조 "묏버들 가려 꺾어 보내노라

님의 손에/자시는 창밖에 심어 두고 보소서/밤비에 새 잎 나거든 나인가 여기소서"가 대표적이다. 만남과 이별을 반복하는 용이와 월선이 사이를 보여주는 데 더없이 좋은 상징이라 할 수 있다.

연둣빛 봄 소식 전해주는 나무

버드나무는 강변이나 저수지 주변 등 물가에서 가장 흔히 볼 수 있는 나무다. 버드나무류는 제각기 잎 모양도 다르고 생태도 다르지만 물을 좋아하는 공통점이 있다. 버드나무 속명 살릭스Salix는 가깝다는 뜻의 살sal과 물이라는 뜻의 리스lis의 합성어다. 예로부터 연못이나 우물 같은 물가에 버드나무를 심은 것은 잘 어울리기도 했지만, 버드나무 뿌리가 물을 정화하는 작용도 했기 때문이다. 버드나무에는 진통제 아스피린의 주성분인 '아세틸살리실산'이라는 물질도 들어 있다.

버드나무는 어린 시절 갖고 논 추억의 나무이기도 하다. 시골에서 자란 사람이라면 물이 잘 오르고 곧은 버들가지를 잘라 껍질을 비틀어 빼낸 다음 버들피리 '호드기'를 만들어 분 기억이 있을 것이다. 껍질을 비틀 때 너무 힘을 주면 찢어져 못 쓰기 때문에 힘 조절이 중요하다.

버드나무는 봄기운을 가장 빨리 전해주는 나무다. 개울가 갯버들의 꽃술이 일어나고 강변 버드나무에 연둣빛이 돌기 시작하면 봄이 오는 것이다. 국내에 있는 버드나무 종류만 40종이 넘지만 주변에서 흔히 만날 수 있는 버드나무는 키가 큰 종류로는 버드나무, 능수버들과 수양버들, 용버들, 왕버들이 있고, 키가 작은 종류로는 갯버들, 키버들 등이 있다.

키 큰 버드나무 중에서 기존 가지들은 늘어지지 않고 새로 난 가지만 늘어지면 그냥 버드나무이고, 가지 전체가 늘어져 있다면 수양버들이나 능수버들이다. 수양버들은 중국이 고향인 나무이고 능수버들은 우리나라에서 자생하는 버드나무. 수양버들과 능수버들을 구분하는 포인트는 새로 난 가지의 빛깔을 보는 것인데, 수양버들은 적갈색, 능수버들은 녹황색인 점이 다르다고 한다. 그러나 전문가들도 이구동성으로 "수양버들과 능수버들을 구분하는 것은 쉽지 않다"고 하니 굳이 두 나무 구분에 신경 쓰지 않는 것이 좋겠다. 박상진 경북대 명예교수는 책 『궁궐의 우리 나무』에서 "일반인들은 그냥 늘어지는 나무를 능수버들로 알고 있어도 그게 틀리지 않을 것 같다"고 말했다.

능수버들은 새 가지는 물론 기존 가지까지 처지는 나무로 우리나라에서 자생한다.

왕버들은 버드나무 종류이면서도 가지가 하늘을 향해서 거의 늘어지지 않는다. 그래서 모양새가 웅장해 '왕'버들이다. 호숫가나 물이 많은 곳에서 자란다. 잎 모양이 넓은 타원형이며 새잎은 붉은빛이 도는 것이 특징이다. 주왕산 입구 주산지 왕버들이 유명하다.

가끔 버드나무 중에서 가지와 잎이 구불거리는 것도 볼 수 있는데 용버들이다. 말하자면 파마한 버들이다. 작은 가지는 밑으로 처지고 역시 구불구불하다. 가지는 공예품 재료나 꽃꽂이 소재로 사용하며, 전국 어디에서나

왕버들은 가지가 하늘을 향해서 거의 늘어지지 않는다.
잎 모양이 넓은 타원형이며 새잎은 붉은빛이 돈다.

호수나 하천변 등 습지에서 볼 수 있다. 가끔 주말에 찾
는 경기도 의왕 백운호수 주변 곳곳에도 구불구불 자라
는 용버들이 많다.

갯버들은 버들강아지 또는 버들개지라고도 부르는 작
은키나무다. 개울가에서 자라는데, 이른 봄에 윤기나는
가는 솜털이 일어나면서 노랑 혹은 빨강색으로 변하는
모습이 경이롭다. 이것이 꽃이 피는 모습인데, 정확하게
는 수꽃들이 모인 수꽃차례가 피어나는 것이다. 갯버들
은 산의 낮은 곳에서 높은 곳까지 물가라면 어디서나 만

용버들은 버드나무 중에서 작은 가지가 아래로 처지며 구불구불한 것이다.

날 수 있다.

임이네도 용이와 월선이의 사랑에 예민한 반응을 보이지만 '법으로 만난' 사이가 아니기 때문에 강청댁처럼 강짜를 부릴 처지는 아니다. 대신 서희를 따라 간도에 간 후 용이와 월선이는 탐욕스러운 임이네 때문에 고통을 겪는다. 결국 월선이는 불치병에 걸려 용이의 품에 안겨 죽으면서 운명적 사랑을 마감하는데, 『토지』에서 가장 애틋한 장면 중 하나다.

갯버들은 개울가에서 자라는 작은키나무다. 이른 봄에 꽃차례가
노랗게 빨갛게 변하는 모습이 예쁘다.

월선의 사지는 마치 새털같이 가볍게, 용이의 옷깃조차
잡을 힘이 없다.

"니 여한이 없제?"

"야. 없십니다."

"그라믄 됐다. 나도 여한이 없다."

머리를 쓸어주고 주먹만큼 작아진 얼굴에서 턱을 쓸어주
고 그리고 조용히 자리에 눕힌다. (8권 233쪽)

1999년 당시 김대중 대통령은 원주 토지문화관 준공

식에 참석해 축사를 했다. 이 축사에서 김 대통령은 월선이가 죽어가는 장면이 가장 가슴 아팠다고 했다. "슬프지만 무척이나 아름다웠다는 말이었는데, 작가도 이 대목을 감회롭게 듣고 있었다."* 용이는 서희 일행과 함께 귀향해 평사리 최참판댁을 지키다 조용히 숨을 거둔다. 이후에는 용이와 임이네의 외아들인 홍이, 홍이의 딸인 상의 등이 이야기를 이끌어나간다.

---

* 김형국, 『박경리 이야기』, 나남출판, 2022, 564쪽.

양현과 영광의 안타까운 쑥부쟁이 사랑

쑥부쟁이

사랑 확인하고도 헤어져야 하는 현실

소설 『토지』는 대작답게 여러 사랑의 관계가 나온다. 용이와 월선이, 봉순이와 길상이, 별당아씨와 구천이, 오가다와 유인실, 강포수와 귀녀 등 여러 계층의 다양한 사랑이 나오지만 가장 현대적인 젊은이들 사랑은 양현과 영광의 사랑이다. 이 사랑은 소설 후반부에 주요한 줄거리를 이룬다. 『토지』의 다른 상당수 관계처럼 애절하고 이루어지지 못한 사랑이다.

양현이는 봉순이가 기생 생활을 할 때 이상현과 사이에서 난 딸이다. 봉순이가 아비를 밝히지 않지만 양현이가 이상현의 둘째 아들과 쌍둥이처럼 닮아 굳이 말할 필요가 없을 정도였다. 봉순이가 섬진강에 몸을 던진 후 서희는 양현이를 양녀로 키운다. 양현이는 '집안의 꽃'이었다. 우선 정신적으로 힘들고 외로운 서희에게 큰 위로를 주었다. 환국·윤국 등 서희의 두 아들도 양현을 여동생으로 여기고 귀여워했다. 그래서 양현은 바르고 선하게 자랄 수 있었다. 양현이는 서희의 권고에 따라 여의전에 입학해 그 시대에 드문 여성 의사로 성장했다.

양현은 "온갖 축복을 한몸에 받은 듯 싱그럽고 아름답고 밝았"다. "눈부시게 아름다운 모습이었다"는 대목도 있다. 임명희는 친일 귀족 조용하와 결혼 직전 이상현의 마음을 떠볼 만큼 이상현을 사모했다. 명희는 양현이 이상현의 딸임을 알고 자신이 키우고 싶어 했지만 서희의 거절로 뜻을 이루지 못했다. 하지만 양현에게 호감을 갖고 엄마처럼, 언니처럼 지낸다. 명희는 양현이를 "귀엽고 달맞이꽃 같은 아이"라고 표현하거나 "장다리의 연한 줄기같이 섬약하고 눈이 맑은 양현"이라고 표현하는 등 여러 번 애정을 드러낸다. 장다리는 무·배추의 꽃줄기를 말하는데, 키가 큰 사람을 비유적으로 가리키는 표현이기도 하다. 달맞이꽃, 장다리에 비유할 만큼 양현이가 예쁘고 늘씬하다는 뜻이다.

그러나 짙은 그늘도 있었다. 양현이는 기생의 딸이라는 태생적 한계 때문에 심적 갈등을 겪는다. 환국의 아내인 덕희의 질투도 양현이를 난처하게 했다. 양현이가 연고가 없는 인천의 한 개인병원에 취직한 것도 이런 이유에서였다. 그러다 양현은 어머니가 몸을 던진 섬진강에서 과꽃 다발을 던지고 우는 모습을 영광에게 들킨다. 이 대목은 「엄마 봉순을 그리며 섬진강에 과꽃 던지다」에서 다루었지만 "순간 영광의 눈과 여자의 눈이 정면으로 부딪쳤다"와 같은 식으로 상당히 극적으로 그려져 있다. 양현은 영광이 백정 집안에서 태어나 자신과 비슷한 처지인 것을 알고 호감을 느낀다. 영광은 백정의 사위인 송관수의 아들이고, 환국이의 친구였다. 일본 유학을 마치지 못하고 돌아와 악극단의 트럼펫 주자이자 작곡가로 살고 있었다.

작가는 1994년 『작가세계』 가을호 인터뷰에서 "양현과 영광이 만나는 대목은 내가 안 하던 짓"이라며 "그런데 이들의 만남을 탐미적 차원으로 높일 필요가 있었다. 이들의 관계를 5부 전체의 구심점으로 끌어올리려는 의도였다"고 했다.

두 사람이 평사리에서의 어색한 첫 만남 이후 우연히 서울역에서 부산행 기차를 같이 탔을 때 기찻길 풍경은 새로운 연인의 탄생을 축하하듯 화사했다.

기차가 용산을 지나고 한강 철교를 지나고 영등포를 뒤로 하면서 벌판을 달리고 있었다. 마을에는 개나리가 만발해 있었고 산 옆을 지나갈 때는 진달래가 노을처럼 구름처럼 붉게 피어 있었다. (17권 238쪽)

양현이가 영광을 만나 사랑의 감정을 느끼기 시작할 무렵, 서희는 양현이를 둘째 아들 윤국이의 배필로 삼으려는 생각을 구체화하고 있었다. "이상현과 봉순의 딸 이양현과 최서희와 김길상의 아들 윤국이의 결합은" "어쩌면 서희 꿈의 완성인지 모를 일이다."

윤국이도 양현이와 결혼에 긍정적이다. 그러나 양현이는 윤국을 친오빠로 여기는데, 윤국이 자신을 한 여자로 보고 사랑하는 데 충격을 받는다. 그보다는 이미 양현의 가슴이 영광에 대한 감정으로 차 있었기 때문일지 모른다. 환국과 윤국 두 오빠는 양현의 거부 의사를 받아들이지만, 영광의 과거 여자 문제 등을 들어 그와의 결합에는 절대 반대였다. 환국은 영광을 만나 "사랑한다면 놓아주게"라고 말한다. 영광이도 흔들린다. 그즈음 양현과 영광이 돈암동 뒷동산에서 만났을 때 두 사람은 사랑을 확인하면서도 헤어져야 하는 현실을 절감하는 것 같다. 돈암

쑥부쟁이는 연보라색 꽃이 피는 야생화로, 산에서 흔히 볼 수 있는
대표적인 가을꽃이다.

동 뒷동산에는 보라색 들국화가 피어 있었다.

영광은 양현이 따라오거나 말거나, 큰 것은 아니었지만
가방을 들어줄 생각도 않고 아리랑고개 쪽을 향해 걸어
간다.

"오빠 어딜 가는 거예요?"

"산에."

두 사람이 간 곳은 돈암동 뒷동산이었다. 나무도 별로 없는 민둥산이었다. 돈암동 일대, 신설동까지 내려다보이는 산등성이에 두 사람은 다같이 죄인처럼 웅크리고 앉아서 아래를 내려다본다. 군데군데 체면처럼 들국화가 한두 포기, 보라색 꽃이 피어 있었다.

"왜 전보를 쳤지?"

오랫동안 말이 없다가 영광이 먼저 입을 떼었다. 대답 대신 양현은 울기 시작했다. (…)

"나 오빠하고 함께 살면 안돼?"

영광은 미동도 하지 않았다. 그러나 그는 전신으로 전율하고 있는 것 같았다.

"너 미쳤어?"

잠긴 듯한 목소리는 지극히 낮고 평정했다. (19권 175~178쪽)

이후 두 사람은 인천에서 수인선을 타고 가다 염전 마을에 내려 데이트를 하지만 극복할 수 없는 관계를 확인할 수밖에 없었다. 두 사람이 수인선을 타고 염전 지역에 내렸을 때 해홍나물 등 염생식물이 나오지 않을까 기대했지만 나오지 않았다. 왜 갑자기 인천 염전 마을이 나올까 의아할 수 있는데, 이곳은 박경리가 1945년 결혼 후 남편과 함께 2년 가까이 신혼을 보낸 곳이다. 남편의 직장이 주안 제염시험장이었다.

결국 송영광은 만주로 떠나고 양현이는 영광이 영원히 돌아오지 않을 것을 직감하고 영광이 준 목도리를 바다에 던진다. 그리고 서희가 인천까지 찾아와 보듬어주자 평사리로 내려와 살다 해방을 맞는다.

보라색 들국화의 실제 이름

양현이와 영광이 돈암동 뒷동산에서 만날 때 보라색 들국화가 등장한다. 들국화는 가을에 피는 야생 국화류를 총칭하는 것이다. '들국화'라는 종은 따로 없다. 사람들이 들국화라 부르는 꽃들의 실제 이름은 무엇일까.

들국화라 부르는 꽃 중에서 보라색·흰색 계열은 벌개미취·쑥부쟁이·구절초가 대표적이고, 노란색 계열로 산국과 감국이 있다. 노란색인 산국과 감국을 제외하더라도, 벌개미취·쑥부쟁이·구절초는 비슷하게 생겨 초보자들이 바로 구분하기는 쉽지 않다.

벌개미취는 도심과 도로변에서 흔히 볼 수 있는 연보라색 꽃이다. 이르면 6월부터 초가을까지 피는 꽃이다. 햇빛이 드는 벌판에서 잘 자란다고 벌개미취라 부른다.

벌개미취는 초가을 도심과 도로변에서 볼 수 있는 연보라색 꽃이다.
원래는 깊은 산에서 피는 들국화였는데 원예종으로 잘 정착했다.

원래 깊은 산에서 자라는 들국화였는데, 요즘은 원예종
으로 성공적으로 변신해 잘 정착한 꽃이다. 벌개미취는
잎이 10센티미터 이상으로 길고 잎 가장자리에 잔 톱니
만 있어 매끄럽게 보인다. 큰 것은 한 뼘이 넘는 것도 있
다. 줄기도 굵어 튼튼하다.

　해마다 새로 심지 않아도 자연 번식하기 때문에 별
다른 관리가 필요 없어서 가로 조경용으로 안성맞춤
인 꽃이다. 늦여름부터 가을까지 사랑받는 꽃이며 'Aster
koraiensis'라는 학명에서 알 수 있듯이 한국 특산 식물이

구절초는 가을에 흰색 또는 연분홍색 꽃이 피고 잎은 쑥처럼 갈라져 있다.

다. 지리산 등 깊은 산에서 자라다 88올림픽을 계기로 전국에 퍼졌기 때문에 일제강점기 말에 돈암동 뒷동산에 벌개미취가 있었을 가능성은 거의 없다.

　다음으로 구절초는 흰색이 많지만 연분홍색도 있다. 구절초는 꽃색이 달라 벌개미취·쑥부쟁이와는 어렵지 않게 구분할 수 있다. 또 구절초는 잎이 벌개미취·쑥부쟁이와 달리 쑥처럼 갈라져 있어서 상대적으로 구별하기 쉽다. 음력 9월 9일이면 줄기가 아홉 마디가 된다고 해서 구절초九節草라 부른다. 보라색이라고 했으니 구절초도 아니다.

쑥부쟁이는 야산에 흔한데, 꽃은 연보라색이라 벌개미취와 비슷하게 생겼다. 줄기가 쓰러지면서 어지럽게 꽃이 피는 경우가 많다. 쑥부쟁이라는 이름은 '쑥을 캐러 다니는 불쟁이*의 딸'에 관한 꽃 이야기에서 유래했다. 쑥부쟁이는 벌개미취에 비해 잎이 작고 아래쪽 잎에 굵은 톱니를 갖고 있다. 산에서도 흔히 볼 수 있는 대표적인 가을꽃 중 하나다. 이런 점으로 미루어 양현이가 영광에게 사랑을 고백한 곳에 핀 보라색 들국화는 쑥부쟁이임을 알 수 있다.

정리하면 화단이나 도로가에 연보라색 꽃이 피는데 잎이 길고 잔 톱니가 있으면 벌개미취, 산이나 공원에서 핀 연보라색 꽃인데 잎이 작고 큰 톱니가 있으면 쑥부쟁이, 꽃이 흰색이나 연분홍색이고 잎이 쑥처럼 갈라져 있으면 구절초다. 이들 세 가지 들국화만 확실히 구분해도 가을 산과 들을 다닐 때 느낌이 전과 다를 것이다.

참고로 서울과 근교에서 보는 쑥부쟁이는 개쑥부쟁이인 경우가 많다. 쑥부쟁이와 개쑥부쟁이는 꽃이 똑같이 연보라색이라 꽃만 보고는 구분할 수 없다. 둘을 구분하

* 대장장이.

쑥부쟁이(위)와 개쑥부쟁이(아래)는 꽃이 연보라색이다. 쑥부쟁이는 꽃을
감싸는 총포 조각이 위로 잘 붙어 있고, 개쑥부쟁이는 어지럽게 펼쳐져 있다.

려면 꽃을 감싸는 부분, 즉 총포를 봐야 하는데 쑥부쟁이는 총포 조각이 위로 잘 붙어 있다. 반면 개쑥부쟁이는 꽃을 감싸는 총포가 어지럽게 펼쳐져 있는 것이 특징이다. 마치 토종 민들레는 총포 조각이 위로 딱 붙어 있고 서양민들레는 총포 조각 일부가 아래로 젖혀져 있는 것과 비슷하다. 산이나 언덕 등에서 쑥부쟁이보다 개쑥부쟁이를 더 흔히 만날 수 있다.

양현의 꽃으로 무엇을 선택할지 고민이 많았다. 임명희가 양현이를 달맞이꽃과 장다리에 비유한 대목이 있기 때문이다. 그러나 작가가 양현이를 싱그럽고 아름답고 밝았다고 표현했기 때문에 밤에 피는 달맞이꽃보다는 예쁜 보라색으로 가을을 장식하는 들국화, 그중에서도 쑥부쟁이가 더 잘 어울린다는 생각이 들었다. 양현이의 쑥부쟁이 사랑, 써놓고 보니 느낌이 괜찮다.

수국 같은 여인 유인실
수국

조국과 연인 사이에서 큰 갈등

『토지』에는 많은 인물이 등장하지만 독립운동가이면서 일본인 오가다 지로를 사랑한 유인실이라는 인물은 특히 인상적이다. 식민지 조선의 신여성으로, 조국과 일본인을 함께 사랑하다 큰 갈등을 겪는 여인이다. 서희, 임명희, 양현 등과 함께 작가가 빼어난 미인으로 묘사한 여성 중 하나이기도 하다. 작가는 유인실을 특히 눈이 예뻐 "이지적인 아름다움"이 있는 여인으로 묘사했다.

유인실은 일본 유학 중 관동대지진 때 오가다와 함께 조선인들을 구했고 귀국 후 일제가 얽은 계명회라는 조직 사건으로 옥고를 치른다. 서희의 남편 길상과 오가다도 연루된 사건이었다. 유인실은 일본 여자대학을 졸업한 수재이지만 계명회 사건과 오가다와의 관계가 알려지면서 야간 학교의 교사로 일할 수밖에 없었다. 당시 일본인과 사귀는 조선 여성에 대한 사회의 시선이 그만큼 엄격했기 때문이다.

유인실 자신도 일본인의 사랑에 큰 갈등을 느껴 오가다와 하룻밤을 보낸 뒤에 "생명보다 중한 것을 주었다"고 표현했다. "그것은 단순히 여자의 순결을 두고 하는 말이 아니라" "조국에 헌신할 것을 맹서한 여자가 그 조국에 반역 행위를 했다는 뜻이 더욱 깊"었다. 요즘 기준으로 보면 그렇게까지 생각할 일인가 싶지만 당시 분위기는 달랐던 모양이다. 이 이야기가 나오는 『토지』 4부는 1930년대 이야기라는 점을 감안하며 읽을 필요가 있겠다.

유인실은 오가다의 아이를 가졌을 때 동경에 사는 지인 조찬하를 찾아가 아이를 맡아달라고 했다. 유인실은 임명희의 제자였는데 조찬하는 임명희의 시동생이었고 오가다의 지인이기도 했다. 조찬하가 임신한 유인실의 집을 방문했을 때, 그러니까 조국과 일본인 연인 사이에서 갈등이 최고조에 이르렀을 때, 조찬하는 유인실이 수국 같다고 느낀다.

수국은 작은 꽃송이들이 동그랗게 모여 큰 공 모양을 이룬다.
꽃은 토양이 산성이면 청보라색, 알칼리성이면 연분홍색을 띤다.

"내일이라도, 제가 한 사람 보내드릴까요?"

"아닙니다. 아직은, 혼자 있고 싶으니까요."

"식사 준비까지 하시려면… 그리고 방도 어디 아래층으
로 옮기든지 해야 하지 않겠습니까?"

"제발."

인실은 순간 애원하는 듯한 표정이 되었다. 사양이 아닌,
제발 날 가만히 내버려두어 달라는 부탁인 것이었다. 일
어서야 마땅한 것인데 찬하는 몸이 붙은 것처럼 일어설

수가 없었다. 혼자 있고 싶어 하는 인실이, 찬하 역시 숨이 막힐 것 같은 장소에서 피해 달아나고 싶었는데… 역시 연민이었다. 그것은 찬하 가슴 밑바닥에서 우러나는 연민 때문이었다. 찬하는 지금 자기 집 뜰에 한창인 수국 생각을 하고 있었다. 축축한 음지에서 흐드러지게 핀 수국, 병자 방에는 꽂지 않는다는 그 수국이 녹색으로 변했을 때, 찬하는 히비야 공원에서 녹색의 여인으로 착각한 인실의 모습을 연상했던 것이다. (15권 294쪽)

이후 유인실은 오가다의 아들을 출산해 조찬하에게 맡긴다. 아이는 오가다의 자식도, 유인실 자신의 자식도 아닌 이 시대가 낳은 생명일 뿐이라며 그 아이는 일본에 있어야 한다고 했다. 찬하는 고민 끝에 아이를 친자식처럼 기른다. 아이를 맡긴 유인실은 조국을 배신했다는 죄의식을 갖고 독립운동을 하러 만주로 떠난다.

산수국에서 무성화만 남긴 꽃

요즘엔 이르면 3~4월에도 피는 수국을 볼 수 있지만, 이름에서도 알 수 있듯이 수국은 물을 좋아하고 피는 시기도 6~7월 장마철이 제철이다. 수국은 원산지가 일본인

산수국(아래)은 가장자리에 무성화, 안쪽에 꽃가루받이를 해서 열매를 맺는
유성화가 함께 피는 꽃이다. 야생의 산수국에서 무성화만 남겨 크고
화려하게 개량한 것이 수국(위)이다.

백당나무(위)는 전체 꽃덩이 가장자리에 무성화가 있고 안쪽에 유성화가
있다. 산수국과 수국의 관계처럼 백당나무에서 무성화만 남겨놓은 것이
불두화(아래)다.

데 유럽·일본 사람들이 다양하게 개량해 오늘날 우리가 보는 원예품종 수국으로 만들었다. 멀리서 보면 큰 꽃 같지만, 사실은 작은 꽃송이들이 동그랗게 모여 큰 공 모양을 이룬 것이다. 꽃색은 토양의 산성농도 등에 따라 여러 가지로 변한다. 중성이면 하얀색, 산성이면 청보라색, 알칼리성이면 연분홍색으로 변하는 식이다. 그래서 토양에 첨가제를 넣어 꽃 색깔을 원하는 대로 바꿀 수 있다. 『토지』에 "수국이 녹색으로 변했을 때"라는 표현이 나오는데 꽃이 시든 다음 꽃잎이 녹색으로 변하는 것을 묘사한 것 같다.

수국이 필 즈음 숲속에서는, 요즘은 공원 화단에서도, 산수국이 피어난다. 산수국은 가장자리에 곤충을 부르는 역할을 하는 무성화, 안쪽에 실제 꽃가루받이를 해서 열매를 맺는 유성화가 함께 피는 꽃이다. 야생의 산수국에서 유성화는 없애고 무성화만을 남겨 크고 화려하게 개량한 것이 바로 수국이다.

산수국과 수국의 관계와 똑같은 것이 백당나무와 불두화의 관계다. 백당나무도 전체 꽃덩이 가장자리에 무성화가 있고, 안쪽에 유성화가 있다. 백당나무에서 사람들이 인위적으로 무성화만 남겨놓은 것이 불두화다. 불두

나무수국은 수국과 비슷하면서 하얀 꽃이 피는 나무다.
최근 광화문 등 서울 도심 화단에 많이 심고 있다.

화佛頭花라는 이름 때문인지 절에서 많이 심는 나무이고,
요즘엔 공원이나 화단에도 많이 심어놓았다.

　최근 서울 도심에선 수국 비슷하면서 하얀 꽃이 피는
작은 나무를 볼 수 있다. 광화문 곳곳 도로를 좁히고 새
보도와 화단을 만들면서 화단에 많이 심었는데 바로 나
무수국이다. 하얀 꽃봉오리가 맺혔다가 하나씩 하얗게
피는 것을 볼 수 있다. 나무수국은 수국·산수국과 같은
속屬이니 형제 식물이다.

불꽃같은 여인 유인실

만주에 도착한 유인실은 자살 유혹을 받을 정도로 "바위 같은 죄의식"을 벗어나지 못하다 해란강 강가에서 중학생들이 부르는 「선구자」 노래를 듣고 심기일전해 독립운동에 뛰어든다. 오가다는 아들 쇼지가 다 큰 다음에야 아들의 존재를 알고 인실을 만나기 위해 만주를 헤맨다. 그러면서 전쟁이 끝나면 인실, 아들과 함께 살 수 있기를 바란다.

유인실과 오가다는 『토지』 1~5부 중 후반부 시작인 4부에서 등장한다. 4부는 작가가 일본에 대해 본격적으로 비판하고자 작정한 부분이다. 그래서 작가가 공을 많이 들였으면서도 가장 집필에 어려움을 겪은 부분이다. 1979년에 3부를 끝내지만 구상하고 자료를 찾느라 2년이나 지체했다. 집필 과정도 순탄치 않았다. 1981년에 시작해 1988년에, 8년 만에야 4부를 마칠 수 있었다.

작가는 4부가 끝난 해에 펴낸 시집 『못 떠나는 배』 서문에서 4부 집필의 어려움을 토로하면서 "4부는 일본이 기둥"이라고 했다. 그래서 "철저한 일본 분석 없이 작품의 진행은 불가능한 일이며 민족주의의 한 측면인 에고이즘에서 빠져나가야 했"다라고 썼다. 김윤식 서울대 명예교수는 책 『박경리와 토지』에서 "4부의 중요성은 『토지』의 중요성이기도 한데, 작가의 야심과 열정이 제일 심도 있게 펼쳐져 있기 때문"이라고 했다.

작가는 4부에서 일본 내부까지 깊이 들여다보기 위해 조국과 일본인을 동시에 사랑하는 유인실, 일본 내에서 양심적인 지식인이자 한국 여인을 사랑하는 오가다를 등장시킨 것이라 할 수 있다. 박상민 강남대 교수는 논문 「박경리 『토지』에 나타난 일본론」에서 "『토지』 전체가 '소설로 쓴 일본론'으로 그중 가장 흥미 있고 비중 있는 인물은 일본인 오가다 지로"라며 오가다를 중심으로 한 인물들과 대화나 행동 등을 분석해 『토지』의 일본론을 살폈다.

오가다는 관동대지진 때 조선인들을 구해주고, 일제에 의해 감옥살이까지 했지만 그래도 천황 비판만은 쉽게 받아들이지 않았다. 하지만 오가다도 아들 쇼지를 만난 다음, 그리고 일본의 패망이 짙어졌을 때 "군국주의는 망해야 해요! 사람답게 살 수 있는 역사의 변혁을 위해서, 인류를 위해 망해야 합니다" "군주가 현인신現人神이 이상 진리 진실의 추구는 불가능한 것 아니겠어요?"라는 인식을 갖기에 이른다. 박상민 교수는 "『토지』는 오가다라는 한 양심적 일본인의 정신적 궤적을 통해 일본의 악행은 자체적인 정화의 가능성을 갖고 있음을 암시한다"고 분석했다.

유인실에 대해 또 하나 소개할 것이 있다. 유인실은 작가가 3년 8개월 동안이나 『토지』 연재를 중단하게 하는 단초를 제공한 인물이다. 조찬하가 유인실을 산장에서 만나는 장면이 있는데, 조찬하는 유인실을 처음 들어본 사람처럼 대한다. 독자 입장에서 특별히 이상하게 생각하지 않고 넘어갈 수 있는 문제였다. 그러나 작가는 이를 뼈아픈 실수로 생각한 모양이다. 작가는 "시간과 원고료에 대한 과욕이 저지른 이 같은 차질이 참으로 부끄럽다"며 연재를 3년 8개월이나 중단하고 전열을 정비했다. 작가는 산문집 『꿈꾸는 자가 창조한다』에 다음과 같이 썼다.

4부 3편 8장의 조찬하가, 유인실이 임명희의 제자인 것을 임명희를 통해 들었는데 그것을 까맣게 잊었다는 대목은 땜질이었다는 것을 고백한다. 그것은 조찬하가 잊은 것이 아니다. 작가가 잊은 것이다. 실책은 이미 지나갔고 하기에 전열을 가다듬어 연재를 계속할 수도 있을 것이다. 그러나 실책은 그것으로 끝나지 않을 것이란 판단에서 연재를 중단할 수밖에 없었다.

소설 막판엔 "누가 뭐래도 인실은 조선의 딸이고 조선의 잔다르크"라는 표현이 나온다. 소설에 만주에서 유인실의 독립운동 활동이 구체적으로 나오지 않는 점은 아쉽지만 식민지 조국과 지배국 연인 사이에서 번민하다 일신의 안위를 돌보지 않고 조국의 독립을 위해 헌신한 당찬 여성임에는 틀림없다. 수국처럼 주변 상황에 따라 색깔이 변하는 여인이 아니었다. 그런 점에서 유인실은 수국 같은 여인이라기보다는 불꽃같은 여인이라고 표현하는 것이 더 잘 어울릴지도 모르겠다.

"임명희가 저 옥잠화 같았지"

옥잠화

작가가 편애하는 단정한 여인

『토지』에서 임명희는 소설을 이끌어가는 주연은 아니다. 식민지 조선의 신여성인 임명희는 주연들을 연결해주는 조연급이다. 예를 들어 결혼 직전 이상현에게 사랑을 고백하거나 서희를 찾아가 이상현과 봉순이 사이에서 태어난 딸 양현에 대한 양육권을 달라고 하다가 거절당하는 역할 등이다. 그런데도 작가가 편애하는 것 아닌가 싶을 정도로 자주 등장하고 긍정적으로 묘사하는 인물 중 하나다. 작가가 빼어난 미인으로 묘사한 여성이기도 하다.

임명희는 아버지가 역관이어서 신분은 중인 출신이었지만 일제강점기 일본에서 대학을 나온 똑똑한 여성이었다. 혼기에 이르렀을 때 임명희는 마음에 둔 이상현에게 청혼 아닌 청혼을 하면서 떠본다. 이상현을 찾아가 자신의 결혼 문제는 "선생님의 생각 여하에 따라 결정될 것"이라고 말한 것이다. 이상현은 오빠 임명빈과 동인지 활동을 같이하는 등 어울리면서 집에도 몇 번 찾아온 인물이었다. 하지만 이상현이 자기에게 마음이 없는 것을 알고 친일파 집안의 장남 조용하와 결혼한다. 일본으로부터 작위와 은사금까지 받은 집안이었다. 원래 조용하의 동생 조찬하가 임명희를 마음에 두었는데 형 조용하가 이를 알고 선수를 친 것이었다. 하지만 조용하는 임명희와 결혼하고도 성악가와 바람을 피운다. 그러면서 임명희와 동생 찬하의 관계를 끊임없이 의심하며 임명희를 모욕하고 학대한다. 견디다 못한 명희는 이혼을 선언하고 남해안 통영에 내려가 지낸다. 조용하가 암에 걸려 자살한 다음 상당한 재산을 상속받아 서울에서 유치원을 경영하며 지낸다.

이 정도 역할인데도 작가는 자신이 창조한 인물 임명희에게 상당한 호감을 갖고 있음을 여러 대목에서 드러낸다. 막판에 임명희가 지리산 조직에 거금 5,000원을 희사하는 것도 작가의 임명희에 대한 애정을 반영한 것 아닌가 싶다. 최유찬 연세대 교수는 『박경리의 『토지』 읽기』에서 "임명희는 적극적인 활동을 펼치지는 않지만 『토지』에서 최서희와 함께 그 이름이 가장 많이 등장하는 인물"이라며 "많은 활동을 하는 것도 아닌데 이름이 많이 등장하는 것은 그녀가 3부 이후에 사건의 중심축에서 벗어나게 되는 최서희를 대신하는 역할을 수행하는 것과 연관되는 것이라고 해석할 수 있다"고 했다. "임명희가 작품 후반에 등장하는 여인들이 지닌 성격이나 서울의 유력인사, 지식인들의 동태를 대변하는 성격을 지닌 인물로 형상화되고 있다"는 것이다.

임명희를 옥잠화에 비유하는 대목도 작가의 호감을 반영한 것 같다. 해당 대목은 명희가 서울에 올라와 모란유치원을 운영할 때 일이다. 일본 유학 선배 강선혜가 찾아와서 오십을 앞둔 두 중년 여인이 수다를 떨고 있는데, 어디선가 좋은 향기가 솔솔 풍겨온다. 집 뒤뜰에 옥잠화가 피어 있었다. 이 대목을 읽을 때마다 실제로 옥잠화 향기가 나는 것 같다.

맛나게 점심을 먹은 강선혜는 식상하다 하며 치마끈을 풀고 누울 자리를 찾는다. 명희는 옥색 누비 베갯잇의 베개를 벽장에서 꺼내주었다. (…)

옥잠화는 중국이 원산지인 화단 꽃으로, 길게 나온 꽃 모양이 옥비녀 같다고
이름 붙여졌다.

"조선 옷에 양말이 될 말이냐? 기본은 지켜야지. 한데 이
게 무슨 냄새지? 아까부터 나는데."

"냄새라니요?"

"향수는 아닌 것 같고."

"아아, 옥잠화예요."

"옥잠화라니."

"뒤뜰에 피었어요. 지금이 한창이라 향기가 짙어요."

(…)

"순백이라는 말은 아마도 옥잠화를 두고 표현했을 거야.

저런 흰빛은 다른 데서 찾아볼 수 없다. 눈도 저 빛은 아니야. 어떤 꽃도 저 같은 흰빛으론 피지 않아. 백합 따위는 옥잠화에 비하면 지저분하지."

코를 벌름거리며 냄새에 취한 듯, 선혜는 침이 마르게 옥잠화를 찬송하다가 풀어진 치마끈을 여미고 다리를 쭉 뻗는다.

"옛날의 임명희가 저 옥잠화 같았지." (17권 99~100쪽)

작가는 임명희에게 옥잠화 같은 '순백'의 이미지와 좋은 향기를 부여하고 싶었던 것 같다. 임명희를 통해 식민지 시대 여성의 삶을 엿볼 수 있기는 있지만 재력가 집안 여성이라는 점에서 제한적일 수밖에 없다. 그런데도 편애에 가깝게 임명희에 대해 애정을 숨기지 않는 것은 어떤 의도에서였을까. 작가는 임명희와 일본 유학을 같이 한 강선혜에게도 부용 이미지를 부여한다. 강선혜에 대해 "부용같이 화려하고 여왕봉같이 도도한 여자"라고 표현한 대목이 있다. 하지만 임명희만큼 애정을 갖고 쓰지 않았고 또 자주 등장시키지도 않았다.

작가가 임명희에게 꽃 이미지를 부여한 것은 옥잠화만이 아니다. 임명희가 산장에서 남편 조용하에게 씻을 수 없는 모욕을 당했을 때도 방 창문 너머로 목련이 보이고, 나중에 명희가 통영에서 자살을 기도했다가 살아났을 때는 매화가 등장한다. 임명희가 나이가 들었을 때는 노란 은행잎에 비유하는 대목도 있다.

> 하얀 동정이 꼭 맞는 검정 치마저고리의 모습은 엄숙하고 젊음의 향기를 잃어버린 듯 느껴진다. 집안에서조차 단정한 명희의 모습은 평소의 습성이긴 해도 왠지 주변을 튀겨내는 것처럼, 옛날에는 그렇지가 않았는데 그러나 여전히 아름다웠다. 사랑 뜨락에는 노오랗게 물든 은행잎이 흩어져 있었다. 단정한 명희와 같은 모습의 은행잎이.
> (9권 430쪽)

역시 임명희에게 좋은 이미지를 주려는 작가의 의도가 느껴지는 대목이다. 옥잠화, 목련, 매화, 은행잎 모두 작가가 임명희에게 어떤 고결하고 깨끗한 이미지를 주려고 선택한 것들이라고 볼 수 있는 것이다. 이 가운데 임명희를 대표하는 이미지라고 할 수 있는 옥잠화는 여름에 공원이나 화단에서 순백의 꽃을 피운다. 『토지』에 나오듯 "다른 데서 찾아볼 수 없"는 흰빛이다. 중국이 원산지인

옥잠화는 해가 지는 오후에 피었다가 아침에 오므라드는 야행성 꽃이다.
밤에 피는 꽃답게 향기가 매우 좋다.

화단 꽃으로, 옥잠화라는 이름은 길게 나온 꽃 모양이 옥
비녀 같다고 붙인 것이다.

　김윤식 서울대 명예교수는 『박경리와 토지』에서 "『토
지』 후반부의 생생한 인물은 최서희도 김길상도 아니고
단연 임명희로 돼 있다"고 했다. 김 교수는 "임명희는 신
여성으로 계층과 신교육과 식민지적 현실이라는 조건 아
래에서 주체성을 세우지 못하고 방랑하는 인물"이라며
"아주 분방하나 자기를 세우지 못한 인물이어서 그녀가
닿은 어떤 인물이나 사건도 문제투성이로 그대로 남을

뿐이다. 확고부동한 인물상인 최서희와는 반대편에 섰다"고 했다. 김 교수는 특히 "지리산으로 오빠를 찾아간 임명희가 소지감에게 돈 5,000원을 내놓는 장면은 누가 보아도 아이들 장난 같다"고 썼다. 박경리 작가도 1994년 『작가세계』 가을호 인터뷰에서 "서희와 인실은 열정적이며 내심에 격류가 흐르는 사람들이고, 명희는 교양을 갖추었으나 세상의 번민에 몸을 맡긴 정적인 인물"이라고 했다. 그러면서 "명희는 우아한 외형적 멋은 있으나 가공의 인물이어서 작가로서는 실패의 부담을 안은 채 출발했다"며 "명희는 나하고 먼 인간형이어서 골치가 아프다"고 했다.

밤에 피는 꽃답게 향기 좋아

옥잠화는 꽃이 해가 지는 오후에 피었다가 아침에 오므라드는 야행성 꽃이다. 그러니까 우리가 흔히 보는 것은 시든 모습일 수밖에 없다. 어쩌다 밤에 옥잠화 꽃을 보면 언제 그랬냐는 듯 아주 싱그러운 모습으로 꽃이 핀 것을 볼 수 있다. 옥잠화는 소설에 나오는 것처럼, 밤에 피는 꽃답게 향기도 매우 좋다.

옥잠화와 비슷하게 생긴 꽃으로 비비추가 있다. 옥잠

비비추는 옥잠화와 다르게 꽃이 연보라색이다. 작은 나팔처럼 생긴 연보라색
꽃송이가 꽃대에 줄줄이 핀다. 원래 야생화였지만 요즘 화단에서도 흔히 볼 수 있다.

화는 순백의 꽃이지만 비비추 꽃은 연보라색이다. 공원
이나 화단에 작은 나팔처럼 생긴 연보라색 꽃송이가 꽃
대에 줄줄이 핀 꽃이 비비추다. 꽃줄기를 따라 옆을 향해
피는 것이 비비추의 특징이다. 비비추는 원래 산이나 강
가에서 자라는 식물이었다. 그런데 우리가 요즘 화단 등
에서 흔히 볼 수 있으니 원예종으로 성공한 대표적인 야
생화 중 하나라고 할 수 있겠다.

비비추라는 이름은 봄에 새로 난 잎이 '비비' 꼬여 있
는 취 종류라는 뜻에서 온 것으로 추정하고 있다. 그러니

까 '비비취'에서 비비추로 바뀐 것 같다는 것이다. 비비추와 옥잠화는 잎 모양으로도 구분할 수 있다. 비비추 잎은 길고 뾰족한 편이고 옥잠화 잎은 둥근 편이다. 잎 색깔도 옥잠화는 연두색에 가깝지만 비비추는 진한 녹색인 점도 다르다.

비비추와 옥잠화를 포함한 비비추 집안 속명屬名이 호스타Hosta다. 그래서 개량한 비비추 종류를 뭉뚱그려 그냥 호스타라고 부르기도 한다. 호스타 식물은 원래 한국, 중국, 일본에만 분포하는 동아시아 특산 식물이다. 그런데 미국과 유럽 등 서양에서 비비추속 식물이 판매 1위를 차지할 정도로 인기가 높다고 한다. 그래서 세계적으로 3,200여 종의 다양한 원예품종을 개발해 심고 있다.

비비추 종류 중에서 꽃들이 꽃줄기 끝에 모여 달리는 것이 있는데, 이건 일월비비추다. 높은 산의 습한 곳에서 볼 수 있다. 특히 소백산 등에 가면 일월비비추가 밭을 이루고 있다고 할 정도로 많이 자라고 있다. 잎이 넓은 달걀 모양이고 가장자리는 물결치는 듯하고 잎자루 밑부분에 자주색 점이 있는 것을 볼 수 있다. 꽃이 나선형으로 피는 비비추 종류도 있는데, 원래 흑산도에서 자라는 꽃이라 이름이 흑산도비비추다. 잎은 두껍고 반들거리는

일월비비추는 꽃들이 꽃줄기 끝에 모여 달리는 야생화로, 소백산 등
높은 산의 습한 곳에서 볼 수 있다.

것이 특징이다. 1980년대 중반 해외로 반출돼 잉거비비
추라는 이름으로 판매된 식물이기도 하다.

  광릉 국립수목원에 가면 비비추 전문 전시원이 따로
있다. 다양한 비비추 종류와 품종들을 한 번에 볼 수 있
는 곳이다. 국립수목원에 가면 한번 들러서 다양한 비비
추 종류를 보면서 박경리가 사랑한 여인 임명희를 떠올
려보는 것도 좋을 것 같다.

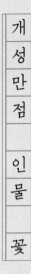

개
성
만
점

인
물

꽃

이부사댁 쇠락 지켜본 감나무

감나무

곧은 선비 이동진, 방황하는 지식인 이상현

『토지』에서 가장 먼저 나오는 식물은? 답은 감나무다. 『토지』 첫 문장은 "1897년의 한가위. 까치들이 울타리 안 감나무에 와서 아침 인사를 하기도 전에"다.

평사리 최참판댁 상징이 능소화라면 하동 이부사댁 상징은 감나무다. 이부사댁 이동진은 최참판댁 최치수의 죽마고우이고, 나라가 망하자 독립운동을 하러 연해주로 떠나는 곧은 선비다. 상현은 이동진의 아들로 서희를 사랑하나 서희가 길상이를 선택하자 귀국해 방황하는 지식인이다.

길상이 하인으로 있을 무렵 곡식 달구지를 끌고 이부사댁에 간 적이 있다. 당시 어린 이상현은 "온몸에서 자부심이 배어 나오는 미소년"이었다. 길상이는 감나무 밑

에 앉아 억쇠댁이 말아준 콩국수를 먹고 있었다. 그때 이
상현이 감나무에 올라가 나무를 흔들어 길상의 콩국수에
감과 흙먼지가 떨어지게 했다. 상현 도령은 길상에게 국
수를 마저 먹으라고 했지만 길상이는 이상현은 자신의
상전은 아니라며 이를 거부했다.

이부사댁 행랑 쪽 뜰 안에 한 그루 감나무가 있었는데 그
감나무 밑에 깔아놓은 멍석에 앉아서 돌이는 콩국에 만
국수를 먹고 있었다. 길상이는 잠자코 돌이 옆에 가서 퍼
질러앉았다. (…)
길상이는 혼자 앉아 국수를 먹는다. 땀이 식는 것 같았다.
나무 그늘 밑은 시원하였다. 국수를 반쯤 먹었을 때 별안
간 나무 흔들리는 소리가 나더니 우박처럼 감이 국수 사
발을 치면서 떨어져 내렸다. 감뿐만 아니라 가뭄에 쌓였
던 흙먼지도 날아 내렸다. 길상은 누가 장난을 치는지 알
수 있었다. 그는 천천히 고개를 들고 나무 위를 올려다보
았다. 언제 기어올라갔던지 상현이 도령이 새까만 눈을
반짝이며 내려다보는 것이었다. (3권 111~112쪽)

상현은 서희를 마음에 두고 있었기 때문에 장차 서희

감나무는 주로 따뜻한 남부 지방에서 잘 자라는 나무로, 감꽃은 먹을 수 있다.

와 결혼하는 길상에게는 껄끄러운 존재일 수밖에 없다. 상현이 길상이에게 짓궂게 대하는 것도 그런 앞날을 보여주는 복선처럼 보이는데, 그 대목에 감나무가 등장한 것이다.

서희의 할머니 윤씨부인도 상현을 사윗감으로 점찍었지만 상현에게 정혼한 여자가 있었기 때문에 뜻을 이루지 못했다. 하지만 상현은 그런 처지에서도 서희를 마음에 두고 있었다. 다만 정혼한 여자를, 나중엔 결혼한 부인을 버릴 용기는 없었기 때문에 서희 주변을 빙빙 돌 뿐이다. 서희 일행이 간도행을 계획할 때 상현은 연해주에서 독립운동을 하는 아버지 소식을 알아오겠다는 핑계를 대며 합류한다.

서희는 상현을 사모하나 그는 이미 아내가 있는 몸이라 망설이고 상현은 서희가 길상을 맘에 두어 혼사를 하지 않는다고 생각해 먼저 다가가지 못한다. 결국 서희는 창을 들고 한번 휘둘러보려고 하지도 않고 "멀찌감치 서서 아리송한 태도만 취하는" 상현에게 분노한다. 마침내 서희는 상현을 불러 오누이로 인연을 맺자고 청하며 길상과 결혼할 것임을 알린다. 이에 상현은 심한 모욕감을 느끼며 "필경엔 종놈 계집이 될 최서희! 그 어미에 그 딸이로구려!"라는 말을 남기고 서희 곁을 떠난다.

하지만 서희와 상현의 인연은 이어진다. 귀국한 상현은 아버지 권유에 따라 잠시 일본 유학을 다녀와 서울에서 소설을 쓰며 방황한다. 그 과정에서 봉순이를 만나 잠시 같이 산다. 봉순이는 길상을 좋아했고 상현은 서희를 사모했다. 그런 둘이 만났으니, 봉순에게 상현은 길상이 대신이고 상현에게 봉순은 서희 대신인 셈이다. 상현은 기생이 된 봉순(기화)과 잠시 같이 살았고, 기화는 상현 모르게 아이를 낳아 기른다. 나중에 기화가 아편중독에서 벗어나지 못하고 섬진강에 몸을 던지자 서희는 기

화의 딸 양현을 친딸처럼 키운다. 『토지』의 마지막 장면
도 양현이가 서희에게 일본의 항복을 알리는 것이다. 그
런데 서희는 양현이를 자신의 둘째 아들 윤국과 결혼시
키려고 마음먹는다. 이 같은 서희의 '꿈'은 양현의 거절
로 이루어지지 않지만.

작가가 이부사댁의 상징으로 감나무를 선택한 것은 확
실하다. 이부사댁 얘기가 나올 때마다 대개 감나무가 나
오기 때문이다. 독립운동을 위해 연해주로 떠난 이동진
이 회상할 때 "뜨락에서 싸락눈같이 떨어진 감꽃을 줍고
있는 어린 아들 형제의 모습도 아니었다" 같은 문장이 이
를 뒷받침한다. 소설 후반부에 길상은 양현의 생부가 상
현임을 은연중 알리기 위해 양현을 이부사댁에 데리고
간다. 상현의 아내 시우어머니는 양현이 자기 아들과 닮
은 것을 보고 단박에 짐작을 하는데 이 대목에도 감나무
가 나온다.

이부사댁의 눈에 익은 감나무가 나타났다. 상현이 감나무
위에서 풋감을 길상의 머리 위에 던지던 일이 엊그제만
같은데 그새 이십여 년의 세월이 지나간 것이다. 감나무
도 늙었는가 옛날 같지 않게 후줄근해 뵈었다. (…)

"민우야."

시우어머니가 다가오며 불렀다. 민우는 돌아보았고 마루 끝에 앉은 양현은 엉거주춤 일어서며 시우어머니를 바라본다.

"아, 아니."

시우어머니는 저도 모르게 눈을 비빈다. 그러고 나서 아들 민우와 양현의 얼굴을 번갈아본다. 두 개의 얼굴, 쌍둥이가 아닌가 싶으리만큼 닮은 두 개의 얼굴, 시우어머니 낯빛이 차츰 변해간다. (…)

"한데 그 사람이 어째서 그 아이를 데리고 왔을까? 무슨 까닭일까…"

시우어머니는 지붕 한 곁에 후줄하게 뻗어난 감나무를 올려다보다가 시선을 발밑으로 떨어뜨린다. (16권 179~ 186쪽)

상현은 임명희가 친일 귀족 조용하와 결혼하기 전 사랑을 고백한 대상이기도 하다. 이처럼 상현은 소설 『토지』의 고비마다 주요 인물로 등장하지만 주체적으로 어떤 일을 결정하거나 끌고 가는 일은 없다. 독립운동도 사랑도 본인이 나서서 쟁취하는 것이 아니라 그저 흐름에

맡겨 가다가 좌절하거나 중요한 결정이나 일을 회피한 다음 괴로워할 뿐이다. 독립운동도 그렇고 소설 쓰는 것도 그렇고 이렇다 할 성과를 내지 못하는 것은 물론 서희, 임명희, 기화 등 누구와도 사랑에 빠지지 못하고 그저 주변을 맴돌다 돌아설 따름이다. 소설 후반부에 그가 하얼빈에서 주정을 부리며 식객 노릇을 하는 것으로 나오는 것은 어쩌면 당연한 귀결일지도 모른다. 김윤식 교수는 『박경리와 토지』에서 그나마 "이상현은 아비 이동진과 기생 기화의 인간적 기품 덕분에 구제될 수 있었다"고 했다.

그러면서 김 교수는 『토지』의 참주제는 이동진이 말한 '산천'이라고 했다. 이동진이 독립운동을 위해 연해주로 떠날 때 최치수가 묻는다.

"자네가 마지막 강을 넘으려 하는 것은 누굴 위해서? 백성인가, 군왕인가?"
얄팍한 입술이 더욱 얇게 벌어지면서 최치수는 간악하기 이를 데 없는 미소를 흘린다. 이동진은 쓴웃음으로 대항하며
"백성이라 하기도 어렵고 군왕이라 하기도 어렵네."

"…"

"굳이 말하라 한다면 이 산천을 위해서, 그렇게 말할까?"

(2권 315쪽)

김 교수는 이 산천이야말로 『토지』의 핵심으로, 산천에 비하면 민족주의나 사회주의, 친일파나 독립운동 따위는 초라하기 그지없는 것이라고 했다. 산천은 삶의 영원한 터전, '자연' 혹은 '생명사상'이며 이 사상을 문학적으로 형상화하는 장치가 '뻐꾸기 소리'와 '능소화'였다는 것이 김 교수의 논리였다. 김 교수는 2011년 『조선일보』 「최보식이 만난 사람」 인터뷰에서도 이 얘기를 하며 "이 작품의 생명이 상당히 길 것으로 봅니다. 이데올로기는 바뀌지만, 산천은 변함없거든. 『태백산맥』이나 『지리산』은 오래가지 못할 겁니다"라고 말했다.

울긋불긋 단풍 드는 감나무

이부사댁뿐 아니라 어릴 적 웬만한 집에는 마당 한쪽에 감나무 한두 그루가 있었다. 감나무는 따뜻한 남부 지방에서 잘 자란다. 서울에서도 자라긴 하지만, 햇볕이 좋고 겨울에 찬바람을 적절히 막아주는 곳이어야 무난히

감나무는 가을에 울긋불긋 드는 단풍이 인상적이다.

자랄 수 있다.

감나무는 어릴 적 추억으로 가는 표지판 중 하나다. 상현처럼 그 나무에 올라가 나무를 흔들기도 했었다. 감나무를 생각하니 이 나무에 오르다 쐐기에 쏘였을 때의 통증이 지금도 전해오는 것 같다. 봄에 감꽃이 떨어지면 그 꽃으로 허기진 배를 채우고 실로 꿰어 목걸이를 만들어 걸기도 했다. 가을엔 붉게 익은 감을 따려고 안간힘을 썼다. 다 익기 전에 붉은 기만 보여도 따 먹었다. 설익은 감을 따 먹으면 배가 아팠다. 그럴 때 툇마루에 한참 누워 있으면 아픈 기가 서서히 가라앉곤 했다.

고욤나무는 감나무와 비슷한데 열매가 아주 작은 나무다.
산과 공원에서 보이고, 감나무 접을 붙일 때 대목으로 쓴다.

감나무 잎도 가을에 울긋불긋 단풍이 든다. 김영랑의
시 「오-매 단풍 들것네」*는 장독대에 날라온, 붉게 물든
감나무 잎을 보고 놀라는 누이 시각으로 쓴 시다.

등산하다 보면 감나무 비슷한데 열매가 아주 작은 나
무를 볼 수 있다. 감 같은 열매는 노랗게 익기 시작하다
점점 진해져 흑갈색으로 변해가는데, 바로 고욤나무다.

* 오-매 단풍 들것네/장광에 골붉은 감잎 날러오아/누이는 놀란 듯이
   치어다보며/오-매 단풍 들것네.

고욤나무 잎은 감나무 잎보다 좀 길고 끝이 뾰족한 것이 다르다. 꽃은 6월에 피는데 감꽃과 아주 비슷하게 생겼다. 열매는 감과 모양은 같지만 크기는 1.5센티미터 정도로 작다. 고욤나무는 애기 감나무인 셈이다. 감나무는 가지를 잘라 접붙이기를 해서 키우는 것이 보통인데, 이때 대목으로 쓰이는 나무가 바로 고욤나무다. 고욤나무 열매를 고욤이라고 부른다.

고욤나무는 비교적 주변에 흔한 나무라 우리 소설에도 자주 등장한다. 성석제의 단편 「고욤」은 순두부 식당 뜰에 있는 고욤나무를 배경으로 과거 추억을 더듬는 두 사내의 이야기다. 정지아의 단편 「고욤나무」에서 고욤나무는 사람의 눈길도 끌지 않을 정도로 볼품없는 나무지만 봉산약국 앞에서 풍상을 견디며 두툼하고 싱싱한 잎사귀를 피워 올리는 나무다. 이문구의 나무 연작 소설 중 「장곡리 고욤나무」가 있는데 고욤나무가 있는 마을을 배경으로 농촌 현실을 고발하는 내용이다.

경남 하동 평사리 최참판댁에 가보면 주변에 감나무가 가로수처럼 많다. 작가의 고향인 통영에 있는 박경리기념관 옆에는 작은 정원이 있고 그 정원에도 잘 자란 감나무 한 그루가 있다. 원래 남부 지방엔 감나무가 많긴 하

작가의 고향인 통영 박경리기념관 정원에는 감나무 한 그루가 자라고 있다.
소설 속 이부사댁에 감나무가 나와 일부러 심은 듯싶다.

지만 소설 속 이부사댁 등에 감나무가 나오기 때문에 일부러 심어 가꾼 것 아닌가 싶다.

『토지』의 기화요초, 주갑이

기화요초

작가가 제일 좋아한 '무욕의 자유인'

『토지』에는 600명이 넘는 인물이 등장하는데 가장 특이한 인물을 꼽으라면 누구일까. 주갑이를 꼽는 사람이 많다. 주갑이는 1부에서는 나오지 않다가 2부 용이가 만주 땅에서 용정 가는 길에 우연히 만나면서 등장하는데, 처음에는 그렇고 그런 등장인물이 또 한 명 나오는 줄 알았다. 주갑이는 동학당 아비를 가졌다고 나올 뿐 가족도 없다. 그저 혼자서 만주 벌판을 방랑할 뿐이었다. 더구나 "형편없이 여위고 빈약한 체구"를 가졌다. 처음 등장부터 이틀이나 배를 주려 용이가 주는 주먹밥을 허겁지겁 먹는 것으로 나온다.

그런데 작품을 읽어가다 주갑이만 나오면 재미있어진다. 그가 낙천적인 성격과 사이다 같은 입담을 가졌기 때문이다. 경상도가 주요 무대여서 그쪽 사람들이 많은 『토지』 인물 중에서 그는 드문 전라도 사람이다. 그래서 그의 감칠맛 나는 전라도 사투리가 압권이다. 주갑이가 등장할 때마다 '매마른 땅에 단비를 만난 듯하다'는 독자도 있었다. 주갑이는 영팔이의 친구였는데 용이 등과 가까이 지내면서 평사리 사람들의 삶에 깊이 관여하는 것으로 나온다. 특히 용이의 아들 홍이에게 주갑이는 마음의 고향 같은 존재다.

> 홍이는 주갑이가 좋다. 아버지처럼 무섭지 않아서 좋았고 엄마들처럼 눈치를 보지 않아도 되기 때문에 좋았다. 그가 하는 말이면 어쩐지 우습고 재미가 난다. (6권 26쪽)

주갑이는 타고난 소리꾼이다. 그의 용모는 볼품없지만 노래 한 곡만 뽑으면 갑자기 달라 보일 만큼 소리가 빼어나다. 소설에 몇 번 그가 새타령을 부르는 장면이 나오는데, 정식으로 창唱을 배우지 않았지만 타고난 재주에다 유랑하며 체득한 경륜이 더해져 듣는 사람들을 감동시킨다.

기막히는 목청이다. 쩌렁쩌렁 산천을 울리는가 하면 애연하게 올라가고 침통하게 내려오는, 자유자재로 굴리는 가락가락— 신이 나서 앉은 채 어깨를 들썩이기도 하고 목의 복숭아뼈가 전율하기도 하고 일손을 멈추고 얼굴을 쳐들고 하늘을 우러러본다. 구만리장천을 나는 대붕새를 생각함인가, 만경창파 녹수상綠水上에 원불상리願不相離 원앙새를 생각함인가, 스르르 눈을 감고 눈꼬리에 한 줄기 눈물이 흐르듯. (6권 32쪽)

술집 주모는 그의 노래를 들을 때마다 눈물을 닦으며 창자가 끊어지는 것 같다고 했다. 그의 노래를 들은 스님 혜관이 "허허이 참, 저 사내는 전생에 새였을까? 노송 위에 홀로 앉은 새 한 마리 학이었을까?"라고 생각할 정도다. 그의 새타령에서 가장 많이 등장하는 새는 '구만 리장천을 나는 대붕새'다. KBS가 1987년 『토지』를 2년 동안 103부작 드라마로 제작했을 때 주갑이 역할은 배우 윤문식이 맡았는데 잘 어울리는 것 같다.

주갑이는 봉순이를 짝사랑하는 순정남이기도 하다. 주갑이는 마침 용정을 찾은 기화를 보았다. 주갑에게 기생 기화는 "하늘에서 하강한 선녀"였다. 한눈에 반하지만 한 마디 표현하지 못하는 짝사랑이다. 기화 앞에서 허둥대는 주갑이 모습도 웃음을 자아낸다. 주갑이가 욕심쟁이 임이네를 골려주려고 부엌에서 몰래 고기반찬을 훔쳐 먹다 기화에게 들켜 체하는 장면이 대표적이다. 이때 마침 침을 놓아 급체를 치료해준 강우규 의사를 따라 만주를 떠돌며 독립운동에 참여한다. 그러다 봉순이가 죽었다는 소식을 듣는다. 다음은 주갑이가 봉순이 사망 소식을 듣는 장면인데, 주갑은 웃음으로 접하고 있다.

"자네 봉순이, 아니 기화를 알지?"

"워찌 그걸 물으시오?"

주갑의 표정이 금세 시무룩해진다. 반대로 공노인의 시무룩하던 표정이 장난스럽게 변한다. 아니 심술궂게 변한다.

"거의방한 계집한테 욕심을 가져도 가져야지, 그런 웃음거리가 어디 있을꼬?"

"이이고매, 워찌 이런다요? 그 기생이 서방 얻어 아들딸 낳고 산답디여?"

"죽었다."

"죽어요? 청춘이 구만리 겉은데 죽기는 왜 죽는다요?"

"이놈아! 죽음에 노소가 있더나!"

"그러면 죽기는 정녕 죽은개비여."

여전히 심술궂은 공노인의 눈이다.

"그 소리를 들은게 쪼깬 안됐기는 안됐소잉. 그렇그롬 꽃 같이 이삔 사람도 죽는개비여."

주갑은 서글프게 웃기만 한다. (12권 99~100쪽)

박경리 작가도 생전에 『토지』에서 가장 마음에 드는 인물로 주갑이를 꼽았다. "붓끝에 생생하게 살아서 제 스스로 신명나게 움직인 인물"이라는 것이다. 2004년 KBS 인터뷰에서도 "주갑이가 제일 좋다 그런 얘기를 하거든요. 완전한 자유인이기 때문에"라며 "작가가 무심히 써놓고도 나중에 보니까 주갑이가 좋다 얘기를 하는 것"이라고 말했다. 작가는 산문집 『가설을 위한 망상』에서도 "주갑이라는 인물에 대해서는 늘 애착을 느낀다. 설명하기는 쑥스럽지만, 누구를 제일 좋아하나 하면 주갑이가 제일 좋다. 그 사람 인생이 시작도 끝도 없잖아요. 떠도는 하나의, 그야말로 나비 같은 사람이죠"라고 했다.

용이가 훗날 평사리로 돌아와 홍이에게 자신이 부러워한 사람이 둘 있는데, 그중 한 사람은 주갑이라고 한다.

"있는 그대로 살았제"라고 주갑이를 설명한다. 또 용이가 부럽다고 꼽은 한 사람은 목청 좋고 신이 많은 서금돌이다.

주갑이는 '무욕의 자유인'이다. 『토지』에 나온 인물들을 다룬 『토지인물열전』에서 이태희 인천대 교수는 주갑이를 카잔차키스가 그려낸, 자유인의 표상으로 여겨지는 '조르바'에 견주었다. 둘 다 떠돌이라는 점, 구속됨이 없이 자유로운 몸이라는 점, 몸만이 아니라 자유로운 영혼이라는 점, 노래를 잘 부르고 춤을 잘 춘다는 점 등이 닮았다는 것이다. 그는 "그 자유는 바로 '무욕'에서 오는 것"이라고 했다. 다음은 주갑의 무욕을 잘 보여주는 대목이다.

새타령을 끝낸 주갑은

"성님, 몽다리귀신도 그리 나쁜 거는 아니란 말씨. 한이 많은 것도 반드시 불행한 거는 아니여라우. 나는 한평생을 이리 살았는디 그래도 후회는 허지 않소. 내 옆에 지금은 없지마는 보고 저픈 사람도 많고, 나헐티 잘혀준 사람도 많고… 허허헛. 답대비 그놈의 계집허고만 인연이 없는 것이 자다가 생각혀봐도 억울허고 눈물 나는디 지내놓

고 보이 그것도 견딜 만했지라우. 이 만주 바닥으로 흘러 들어오길 잘혔지요." (12권 96쪽)

옥같이 고운 풀에 핀 구슬 같은 꽃

그럼 주갑이의 상징으로 어떤 꽃이나 나무를 고를 수 있을까. 마땅한 것이 없어서 고심하다가 홍이와 나누는 대화에서 단어 하나를 발견했다. '기화요초'였다. 다음은 홍이와 주갑이가 나누는 대화다.

"그라믄 마적단이 데리갔소?"

"아니제. 전생이 있었다 그거여. 아들만 있었간디? 딸도 있었고 마누래도 있었고 사방처마에 풍겡이 빙글빙글 도는 기와집에 살았었구마. 앞뒤로 기화요초琪花瑤草는 우거지고오 나무가 너불너불 춤을 춤시로, 새들은 사철을 지저귀고 비단 보료 위에는 나는 이러크름 앉아서,"

허리를 쭉 편다.

"치이 거짓말,"

주갑은 곰방대를 물고 불을 붙인다. (6권 33쪽)

기화요초는 '옥같이 고운 풀에 핀 구슬같이 아름다운

꽃'이라는 뜻이다. 송기숙의 『녹두장군』이나 최명희의 『혼불』 등 다른 우리 소설에도 나오는 단어다. '옥같이 고운 풀에 핀 구슬같이 아름다운 꽃' 이상으로 주갑이를 잘 드러내는 식물이 있을까. 그가 강우규 의사와 함께 떠날 때에도 "어느덧 해가 솟아오르고 풀잎의 이슬들이 보석같이 눈물같이 반짝거린다."

'구슬'이 들어간 우리 꽃으로는 구슬붕이가 있다. 구슬붕이는 봄에 연보라색으로 피는 예쁜 꽃이다. 가을에 피는 용담과 비슷하게 생겼는데 색이 더 연해서 곱다. 손가락 두 마디 정도 높이로 아주 작지만, 연보랏빛 꽃송이들이 하늘을 향해 피어나 있는 정말 아름다운 꽃이다.

구슬꽃나무도 있다. 제주도 볕 잘 드는 계곡에서 자라는, 우리나라에 1속 1종밖에 없는 희귀 식물이다. 인천수목원에 가도 볼 수 있다. 늦여름 피는 꽃 모양이 정말 특이한데, 이 꽃 모양이 중의 머리를 연상케 한다고 중대가리나무라고 부르기도 했다. 꽃이 작은 핀을 박아 놓은 것 같은 모습인데, 이 핀들은 암술대다.

『토지인물열전』에서 서현주 평택대 교수는 주갑이가 "고향을 등지고 타향에 머물면서 홀홀단신으로 외롭고 가난한 삶을 살지만 낙담하는 기색 없고 긍정적이며 낙

▲ 구슬붕이는 봄에 피는 연보라색 작은 꽃으로 가을에 피는 용담과 닮았다.
▼ 구슬꽃나무는 제주도 볕 잘 드는 계곡에서 자라는 희귀 식물이다.
　 꽃에 있는 작은 핀 모양은 암술대다.

천적으로 살아가는 민중의 모습을 그대로 그려나가고 있다”고 했다. 김윤식 서울대 명예교수는 책『박경리와 토지』에서 “『토지』 전체를 통틀어 600여 명의 등장인물 중 제일 유별나고 이질적인 인물은 주갑 단 한 사람뿐”이라고 했다. 그러면서 김 교수는 주갑이가 혜관스님은 물론 길상이에게도 “근본 잃고 계집에 얹혀 산다”고 통렬한 일격을 가한 점을 들면서 “이 자유주의적 허무주의 앞에 맞설 자는 없는 셈”이라며 “바로 여기에 작가 박경리의 참모습, 곧 자기가 창조한 인물마저도 조만간 거부해야 하는 예술가의 ‘영원한 혁명적 성격’이 깃들어 있다”고 했다.

상의의 민족의식이 최고조일 때 핀 꽃
무궁화

작가의 여고 시절 투영한 인물

상의尙義는 홍이의 장녀, 그러니까 이용의 손녀다. 홍이와 김훈장의 외손녀 허보연 사이에서 태어났다. 상의라는 이름은 홍이가 용정에서 다닌 상의학교에서 따온 것 같다. 홍이가 만주로 이주해 자동차 정비공장 등을 했기 때문에 상의는 비교적 풍족하게 자랐다. 그러다 부모가 밀수 사건으로 통영으로 잡혀오자 함께 귀국했다. 엄마가 수감 생활과 요양을 할 때 1년간 엄마를 간호하고 동생들을 돌본다. 그다음 진주 'ES여고'에 진학해 일제 말의 친일적 교육을 받으며 갈등을 겪는 것이 소설에서 상의의 주요 활동이다.

소설엔 상의를 중심으로 여고생들의 기숙사 생활, 교실 풍경, 일본인 교사와의 대립, 신사참배, 군사훈련, 근

로봉사 등이 구체적으로 나온다. 소설에서 상의의 역할이 큰 것은 아니고 극적인 에피소드가 있는 것도 아니다. 하지만 상의에게 주목할 필요가 있는 것은 상의가 일제강점기 말 작가 자신의 모습을 투영한 인물이라는 점 때문이다.

우선 작가는 1926년생인데 상의 정도의 나이다. 다닌 학교도 같다. 소설에서 상의가 진주 ES여고 3~4학년 다닐 때 얘기가 주로 나오는데, 작가의 여고 시절 경험을 바탕으로 쓴 것 같다. 작가가 다닌 진주여고의 옛 이름은 일신여고보였다. 지금도 이 학교 강당 건물 이름이 일신관으로 그 흔적이 남아 있다. ES는 '일신'에서 따온 것 같다.

상의는 창씨개명을 해야 했고 학교에서 한복을 입을 수도 없었고 조선말을 쓸 수도 없었다. 일본의 패망이 얼마 안 남은 시기여서 조선에 온 일본인 교사들이 히스테리 증세를 보이는 경우도 있었다. 소설엔 일본인 교사가 일왕을 찬양하는 얘기를 하는데 한 여학생이 웃자 죽도록 폭행하는 장면이 나온다. 결혼을 염두에 두어야 할 다 큰 아가씨들인 만큼 언뜻언뜻 정신대에 끌려가는 것을 두려워하는 장면도 있다.

상의는 독립운동을 돕는 아버지 홍이 영향에다 충무공과 연관되어 있는 통영 출신이라는 점에서 민족의식이 유달리 강하다. 여기에다 일제의 횡포가 극심할 때이니 상의의 일제에 대한 반감이 어느 정도일지는 짐작할 수 있다.

도대체 일본은, 일본인은 무엇이며 왜 우리 땅에 와서 주인 노릇을 하고 있는가. 그것도 머릿속에다 실금을 놓듯 가르쳐준 것은 고국의 산천이며 사람들이었다. 상의는 일본 사람, 일본인이라는 조선말을 거의 들어보지 못했다. 왜놈, 왜놈의 새끼, 쪽바리라고들 했다. 통영은 어떤 곳이었던가. 이순신 충무공이 좌정했던 곳이며 왜적들이 몰살당한 고장이다. 그 자부심은 맥맥이 흐르고 있었으며 명정리 충렬사는 통영 사람들 마음속의 영원한 성지다.

〈19권 24쪽〉

더구나 상의는 진주에 와서 남강 논개 바위에, 왜장을 끌어안고 남강에 투신했다는 그 바위 위에 섰을 때 큰 감동을 받았다. 상의가 이런 의식과 감정을 갖고 있는데, 상의의 자존심을 건드리는 일까지 생긴다. 4학년으로 진급해 기숙사를 옮길 때 사카모토 선생이 방 배정을 악의적으로 한 것이다.

마침내 상의의 감정이 폭발했다. 토요일 오후, 사감들이 없는 시간에 학생들이 한방에 모여 한복을 입고 화장도 하고 조선말로 얘기를 나누는데 갑자기 사카모토 선생이 나타났다. 사카모토 선생이 꾸짖자 상의는 "선생님이 취하는 태도는 떳떳한 거냐"고 정면으로 맞선다. 사카모토와 동급생들은 상의의 태도에 깜짝 놀란다.

조선옷을 입고 화장을 하고 조선말을 하는 것은 물론 교사에게 불손한 태도를 보이는 것은 퇴학을 당할 수 있는 언행이었다. 그리고 학교에서 퇴학을 당하는 것은 특히 여학생에게는 치명적인 일이었다. 결혼하는 데도, 사회생활을 하는 데도 지장이 있을 수 있었다. 그만큼 상의는 자신의 존엄이 짓밟힌 데 분노한 것이다.

다행히 다른 선생이 중재해 상의를 포함한 학생들이 사카모토에게 사죄하는 선에서 해결하기로 했다.

그리고 얼마 후 첫 번째 자습시간의 종이 울려다. 그 애들은 이 방 저 방에서 발소리를 죽이며 나왔다. 그리고 사감실 앞 복도에 모였다. 모두 꿇어앉는다.

"선생님."

경순이가 허두를 끊었다.

"저희들은 모여서 깊이 반성하고 선생님께 용서를 빌러 왔습니다." (…)

종을 치고 난 요장이 이들이 복도에 무리지어 있는 우스꽝스런 모습들을 보고 썩 웃는다. 앞마당에는 톱니 같은 모양의 무궁화 잎새가 환한 달빛 아래 꺼무꺼무해 보였고 그것은 이따금 바람에 흔들리곤 했다. 통로를 점령당한 하급생들은 식당을 돌아서 화장실로 가는데 응원이라도 하듯 통탕통탕 뛰어서 간다. (…)

어지간히 지쳐버린 아이들은 헛울음도 그만두고 사과 말도 그만두고 복도에 엎드린 채 시간아 가라 하는 식으로 막연해 있었다. 팔팔 살아났던 기가 조금씩 꺾여드는 것 같기도 했다. 진영이와 상의는 헛울음을 울지도 않았고 웃지도 않았으며 처음부터 우울하게 앉아 있었다. (20권 340~342쪽)

필자는 여기에 무궁화가 나오는 것에 주목해 보았다. 상의가 3학년일 때도 무궁화가 나온다. 상의가 꾀병을 부리며 등교하지 않고 기숙사에서 책을 읽고 자유를 만끽

우리나라의 국화 무궁화는 다섯 개의 붉고 하얀 꽃잎과 안쪽에서
흘러나오는 붉은색 무늬를 가졌다.

하는 대목이다.

그때는 1료에 있을 때였다. 현관에서 마지막 떠나는 아이
들 기척이 사라지고 사방이 고요해지면 상의는 마치 자
유의 천지로 나온 것처럼 마음이 기뻤다. 장방형의 기숙
사 건물에는 건물 내부에 장방형 잔디밭이 있었다. 그리
고 세면실 앞에는 무궁화 한 그루가 있어서 보랏빛 꽃이
흐드러지게 피었다. 상의는 혼자 잔디밭에서 뒹굴다가 방

마다 돌아다니며 소설책을 집어다가 시간 가는 줄 모르게 탐독했다. 지금은 그 잔디밭에 고구마를 심었고 무궁화도 베어져서 없었다. 상의의 꾀병은 정확하게 짜여진 시간에 따라 움직여야 하고 어느 한순간도 혼자 있을 수 없는 데서 나타나는 일종의 우울증에 대한 치유법이었다. (19권 168쪽)

상의가 일제강점기 말기 일제의 폭압에 시달렸고, 민족의식에 눈뜬 상태였기 때문에 무궁화가 나오는 것은 자연스러울 수 있다. 굳이 거론할 필요가 없을지 모르지만, 무궁화는 우리나라를 상징하는 꽃이고 애국가에 나오는 꽃이다.

애국가라는 이름으로 노랫말과 곡조가 붙어 나타난 것은 조선 말 개화기 이후부터다. "무궁화 삼천리 화려강산"이 들어 있는 현재의 애국가 노랫말은 1907년을 전후해 만들어졌고 그 후 여러 선각자의 손을 거쳐 현재와 같은 내용을 담았다. 무궁화가 우리나라를 상징하는 꽃에 이른 것은 더 깊은 역사를 갖고 있지만 개화기를 거치며 애국가에 들어가면서 더욱 국민들의 사랑을 받았다. 이 같은 무궁화에 대한 우리 민족의 사랑은 일제강점기

에도 계속됐고 광복 후 자연스럽게 나라꽃國花으로 자리 잡았다.[*]

상의 같은 청소년기 학생에게 좀 무겁다고 할 수 있는 무궁화를 대입시키는 것이 미안했다. 그래서 소설에서 상의에게 맞는 다른 꽃이나 나무를 더 찾아보았으나 마땅치 않았다. 다만 상의가 아주 큰 갈등이나 위기에 있을 때 나온 꽃이라는 점에서 무궁화를 그의 꽃으로 선택해도 큰 무리는 없을 것 같다.

작가와 상의가 닮은 점은 나이와 다닌 학교만이 아니다. 작가도 어린 시절 상의처럼 책 읽기를 좋아했다. 다음은 『여성동아』 2004년 10월호에 있는 작가의 어린 시절에 대한 회고다.

서점에서 쫓겨날 때까지 서서 책을 읽었어요. 도스토옙스키 소설 『죄와 벌』이 읽고 싶어서 배 아프다는 핑계를 대고 학교까지 결석했어요. 어떤 날은 책 세 권을 딱 하루만 빌렸는데 밤을 새워 읽고 나니 눈빛이 핏빛이더라고요. 그런 게 모여 작가가 된 것 같아요.

[*] 행정안전부, 『정부의전편람』.

작가의 이런 체험은 『토지』에 상의의 일화로 녹아 있다. 작가가 본인을 상의에게 대입시키면서 아버지를 상의의 아버지 홍이에 대입시킨 것도 재미있는 부분이다. 소설 속 홍이가 차부를 한 것처럼 작가의 아버지도 차부를 운영했다. 작가가 진주여고를 다닐 때 학비를 보내주기로 했던 아버지가 학비 부담을 어머니에게 미루자, 아버지를 찾아가 따지다가 "솥뚜껑 같은 손"으로 뺨을 맞은 일도 있었다고 한다.

박경리가 태어난 뒤 아버지(박수영)는 젊은 여자 '기봉이네'와 딴살림을 차려 나갔고 어린 박경리는 어머니와 단둘이 살았다. (…) 아버지는 새터(지금의 서문시장 일대)에서 차부를 운영했다. 통영에 하나뿐인 화물차 차부. 아버지는 통영에서 생선을 실어 진주로 보내면 진주에서는 과일을 싣고 오던 화물차의 차주였다.*

---

* 강제윤, 「박경리는 왜 50년간 고향을 찾지 않았을까」, 『프레시안』, 2013. 4. 21.

무궁화 씨앗은 소용돌이치는 것이 태극무늬를 닮았다.

무궁화 씨앗은 태극무늬 닮아

무궁화無窮花는 끝이 없이 피는 꽃이라는 뜻이다. 무궁화가 계속 피는 것처럼 보이는 것은 다른 송이가 연이어 피기 때문이다. 아침에 꽃을 피워 저녁에는 꽃잎을 말아 닫고 져버리고 다음 날 아침에 다른 꽃송이가 피고 지기를 수없이 반복한다는 것이다.

무궁화는 6월 초쯤 그해 새로 난 가지의 잎 겨드랑이에 꽃봉오리가 생긴다. 그리고 7월 초에서 10월 중순까지 약 100일 이상 매일 새벽에 피고 저녁에 시들면서 개화를 계속하는데 보통 한 그루에 2,000~3,000송이가 핀

황근은 제주도와 남해안에서 자생하는 우리 꽃이다.
이름 그대로 노란 무궁화라고 할 수 있다.

다고 하니 놀라울 정도다.

또 하나 재미있는 점은 무궁화 씨앗이 태극무늬를 닮았다는 점이다. 어느 주말 서울 용산구 효창공원에 갔더니 입구에서 숲 해설사들이 무궁화 씨앗에 태극무늬가 있는 것 좀 보라고 했다. 호기심에 휴대용 관찰경을 들여다보니 과연 무궁화 씨앗이 소용돌이친 것이 정말 태극무늬를 닮았다고 할 수 있었다. 씨앗에 달린 갓털은 씨앗이 바람에 멀리 날아가게 해주는 역할을 하는 것이다.

무궁화는 우리나라 꽃이지만, 아직까지 우리나라에서

무궁화 자생지를 찾지 못했다. 무궁화 학명은 히비스커스 시리아쿠스Hibiscus syriacus인데, 여기서 'syriacus'는 원산지가 중동 시리아 지방임을 가리키는 것이다. 그러나 이 지역에서는 무궁화를 찾을 수 없고 인도 북부와 중국 북부 지방에 걸쳐 자란다고 한다.

반면 황근은 제주도와 남해안에서 자생하는 우리 꽃이다. 이름 그대로 노란 무궁화라고 할 수 있다. 그나마 황근이 우리나라에서 예쁘게 피어 무궁화가 국화인 나라의 체면을 지켜주고 있는 것 같다.

홍이처럼 깔끔한 자작나무

자작나무

작가 아버지 행적과 일치하는 인물

강원도 원주시 단구동에는 소설 『토지』를 주제로 한 박경리문학공원이 있다. 작가가 1980년 원주로 이사 와 1998년까지 살면서 『토지』 4~5부를 집필한 옛집 터에 조성한 공원이다.

이곳에는 평사리마당, 용두레벌 등 『토지』에서 지명을 따온 공간이 세 곳 있는데, 그중 하나가 홍이동산이다. 『토지』에서 홍이의 비중을 짐작할 수 있는 대목이다. 용두레벌에서 홍이동산으로 가는 입구에는 자작나무도 한 그루 심어놓았다.

홍이는 『토지』 1부부터 5부까지 계속 나오는 인물이다. 홍이가 핵심 역할을 하는 사건은 많지 않지만 평사리부터 간도를 거쳐 진주, 통영, 하얼빈으로 이동하면서 사람들을 이어주는 역할을 한다. 이승윤 인천대 교수는 『10개의 공간을 따라 읽는 소설 토지』에서 "근대적인 모빌리티와 관련하여 『토지』에서 가장 문제적인 인물이 홍이"라며 "그의 동선은 평사리-간도-부산-통영-진주-일본-만주-하얼빈으로 이어진다"고 했다. 아버지 용이가 '복 많은 이 땅의 농부'를 상징하는 캐릭터였다면, 아들 홍이는 변화하는 시대의 맨 앞에서 근대적인 직업을 갖는 인물인 셈이다.

홍이는 용이와 임이네 사이에서 태어났다. 그래서 예닐곱 살 때 서희 일행과 함께 용정으로 건너가 어린 시절과 청소년기를 보냈다. 그리고 요즘으로 치면 고등학교 다닐 나이에 진주로 돌아와 학업을 마친 다음 부산에서 운전 등 기술을 배운다. 이어 통영에 있는 처가에 가서 결혼하고 간도로 돌아가 자동차 정비공장 등을 운영한다. 홍이는 간도에서 어린 시절을 보내며 강두메, 박정호 등과 친하게 지내는데, 일본 학교 학생들 가방을 빼앗아 강물에 던지는 일화가 있다.

친구 강두메는 최치수를 살해한 귀녀가 처형당하기 직전 낳은 아들이다. 강두메가 어미가 없어서 슬픈 아이라면 홍이는 어미가 너무 많아 괴로운 아이다. 얼굴 한 번

원주 박경리문학공원 용두레벌에서 홍이동산으로 가는 입구에는
자작나무 한 그루가 있다.

본 적 없지만 제사를 모시니 강청댁도 엄연히 어미요, 임
이네는 생모이고, 홍이에게 여한 없는 사랑을 주는 월선
이도 어미이기 때문이다. 홍이는 탐욕스러운 생모 임이
네를 혐오하면서 월선이를 '옴마'라고 부르며 따른다. 아
비의 무심함도 생모의 무관심도 월선의 사랑으로 이겨내
며 밝게 자란다. 홍이에게 아버지를 대신한 인물이 주갑
이 아저씨다. 홍이가 방황하지만 나쁜 길로 빠져들지 않
은 힘도 월선과 주갑에게서 받은 사랑에서 나온 것이 아
닐까.

홍이의 첫사랑은 진주 이웃집에 사는 염장이였다. 장이를 좋아한 것은 '옴마' 월선이를 닮았기 때문이다. 장이는 "짧은 치마 하얀 버선목 사이로 종아리가 보일 듯 말 듯한 처녀"였다. 홍이가 장이를 처음 보았을 때 "옴마 같이 생겼다"며 충격을 받는다.

생모 임이네와 갈등 때문에 삐뚤어져 있던 홍이는 장이를 처음 불러낸 날 강제로 범하는 잘못을 저지른다. "늠름하게 잘생긴 홍이"가 "누구든지 팔을 뻗치기만 하면 따라올 것 같이 생각"하고 "여자를 우습게" 알 때였다. 잘못을 뉘우친 홍이는 장이와 멀리 도망칠 생각도 하지만 아버지 용이가 죽었을 때 상주 없는 관이 나갈지도 모른 다는 걱정 때문에 망설인다.

그사이 장이는 일본으로 시집가기로 정해진다. 홍이도 아버지 용이처럼 첫사랑과 맺어지지 못하고 서로 그리워 하는 것이 흥미롭다.

더구나 장이네 집에서 장이의 혼례 대가로 받은 돈을 오빠들 혼사를 치르는 데 써버려 장이는 이러지도 저러 지도 못하는 처지에 빠진다. 김형국 서울대 명예교수가 쓴 『박경리 이야기』를 보면 이 대목은 작가 어머니가 실 제로 겪은 일을 차용한 것이다. "친정의 오랜 궁핍 때문에 신랑 집에서 신부 집으로 보내온 금전과 물품 등의 예단을 금이*의 외할머니가 빼돌려 큰외삼촌 혼례에 써버렸다"는 것이다.

홍이와 장이가 각자 결혼한 후 홍이가 통영에서 화물차 운전을 할 때였다. 갑자기 장이가 통영 차부로 찾아와 두 사람은 밀회를 갖는다. 그러다 장이 시댁 식구들에게 들켜 망신당하는 장면이 있다. 이 일은 두고두고 홍이에게 오점으로 남는다. 홍이는 아버지 용이마저 죽자 가족을 데리고 간도로 옮겨가 자동차 정비공장을 운영하면서 독립운동을 돕는다. 또 뜬금없이 나타난 일본 밀정 출신 김두수와 부품 거래까지 트는 등 위태로운 줄타기를 해나가다 마지막으로는 만주 신경新京에서 영화관을 운영하는 것으로 나온다.

이 같은 홍이의 궤적은 상당 부분 작가 아버지의 실제 행적과 일치한다. 실제로 박경리의 부친이 화물차 운전을 했다고 한다. 통영에서 진주를 오가며 통영의 생선과 진주의 과일을 날랐다는 것이다. 거기다가 차부에서 숙박하다가 여자와 바람이 난 것까지 똑같다. 박경리의 부

---

* 박경리의 본명.

친은 이 여자와 따로 살림을 차렸지만, 소설 속 홍이는 한때 바람으로 끝나고 원래의 가정으로 되돌아오는 것이 다르다. 심지어 홍이가 신경에서 영화관을 경영한 것이나, 홍이와 보연이가 금붙이 밀수 사건으로 국내로 압송된 일까지 똑같다.* 작가 본인을 상의에 투영하면서, 부친을 홍이에 대입시킨 것이다. 다만 소설과 달리, 박경리 아버지는 다른 여자와 살면서 박경리 모녀를 돌보지 않아 작가는 사실상 홀어머니 밑에서 자랐고, 이는 작가의 성장에 큰 영향을 미칠 수밖에 없었다.

그럼 홍이에게 대입시킬 만한 꽃이나 나무는 무엇일까. 소설에서 직접적으로 홍이를 비유한 꽃이나 나무는 찾지 못했다. 작가는 『토지』 4부 연재를 마치고 5부 연재를 앞둔 1989년에야 중국 여행을 했다. 그때까지 한 번도 용정 등 중국 현장에 다녀온 적이 없었다.** 그래서인지 간도를 묘사할 때 꽃이나 나무가 별로 나오지 않는다. 다만 아래 문장에 오래 눈길이 머물렀다.

* 김형국, 『박경리 이야기』, 나남출판, 2022.
** 이승윤, 『10개의 공간을 따라 읽는 소설 토지』, 엘피, 2021.

달포 전에 홍이는 용정촌龍井村을 다녀왔다. 송장환의 형, 영환의 부고를 받고 갔던 것이다. 장례에 참석하기에 앞서 홍이가 찾은 곳은 월선의 묘소였다. 공노인 부부의 묘도 그 부근 멀지 않은 곳에 있었다. 소나무와 자작나무가 산재해 있는 산속의 무덤 세 곳을 차례차례 돌며 술을 부어놓고 절을 한 뒤 홍이는 월선의 무덤가에 앉아 담배한 대를 태우고 일어섰다. 달리 할 말도 없거니와 감회도 없었다. 할 말이나 감회가 없었다기보다 죽음과 이별의 냉혹함을 이제는 담담히 받아들였다 해야 옳을지 모른다.

(17권 17쪽)

홍이는 『토지』 주요 등장인물 중에서 거의 유일하게 간도, 용정이 고향인 인물이다. 북방계 식물인 자작나무는 간도에 흔한 나무여서 자작나무가 홍이 나무라 해도 큰 문제는 없을 것 같다는 생각이 들었다. 홍이가 "늘씬하게 잘생긴 인물에 땟물이 쑥 빠진 듯 깨끗한 인상"인 것도 자작나무를 연상시킨다.

껍질이 '자작자작' 타는 나무

자작나무는 북한에서도 평안북도, 함경남북도 등 위쪽

자작나무 나무껍질은 피부처럼 매끈하다. 북한에선 자생하지만
남한에서 자라는 자작나무는 모두 심은 것이다.

지역에서만 자생하는 나무다. 인제 원대리 자작나무 숲
등 남한에서 자라는 자작나무는 모두 심은 것이다. 물론
중국, 일본, 러시아, 유럽에서도 자란다. 그래서 「닥터 지
바고」등 시베리아를 배경으로 찍은 영화에는 어김없이
자작나무 숲이 나오는 것이다.

　자작나무 껍질은 불이 잘 붙고 오래가서 불을 밝히는
재료로도 사용했다. 자작나무라는 이름이 껍질이 탈 때
'자작자작' 소리가 난다고 붙은 것이다. 결혼하는 것을

화촉華燭을 밝힌다고 하는데, 이때 '華'자가 바로 자작나무를 가리키는 것이다.

자작나무 껍질은 흰색이고 종이같이 옆으로 벗겨진다. 무엇보다 나무껍질이 피부처럼 매끈하면 자작나무라고 할 수 있다. 자작나무엔 가지 흔적인 '지흔'枝痕이 군데군데 있다. 나무가 자라면서 아래쪽 가지가 불필요하면 스스로 가지를 떨어뜨리고 남은 흔적이다. 어떻게 보면 눈썹 모양 같기도 하다.

이제는 우리나라에도 산에 자작나무를 많이 심어놓았다. 그런데 우리 숲에는 나무껍질이 흰색 계통이어서 자작나무 비슷하게 생긴 나무들이 있다. 사스래나무와 거제수나무가 대표적이다. 이들 세 나무는 잎 모양도 비슷비슷해 구분이 쉽지 않다.

사스래나무와 거제수나무는 둘 다 비교적 높은 산지에서 자란다. 그러니까 높은 산에서 만나는 자작나무 비슷한 자생 나무는 사스래나무 아니면 거제수나무다. 사스래나무 껍질은 흰색이라기보다는 회색에 가깝고 화상으로 피부가 벗겨지듯 얇게 벗겨져 지저분하게 보이는 것이 특징이다. 사스래나무의 이름 유래는 알려진 것이 없다. 반면 거제수나무는 껍질이 약간 붉고 두꺼운 종이처럼 벗겨지는 것이 특징이다. 그냥 적갈색을 띠고 있으면 거제수나무로 보아도 무방할 것이다. 거제수나무라는 이름은 거제도와는 무관하고, 재앙을 물리치는 물을 가졌다는 뜻의 '거재수'去災水가 변한 이름이라는 설이 있다.

잎까지 있으면 더 쉽게 구분할 수 있다. 자작나무 잎은 거의 삼각형이고 측맥이 6~8쌍으로 셋 중 가장 적다. 사스래나무 잎은 삼각형 모양이지만 계란형이고 측맥이 7~11쌍, 거제수나무 잎은 타원형에 가까운데 측맥이 9~16쌍이다.

『토지』에는 용정 등 간도 땅이 배경일 때 백양나무도 많이 등장한다. 백양나무는 은백양나무를 가리키는데, 유럽에서 들어온 포플러의 일종이다. 우리 주변에 흔한 은사시나무는 수원사시나무와 은백양나무 사이에서 저절로 만들어진 잡종이다. 은사시나무는 아주 빠르게 자라 우리나라에 벌거숭이산이 많았을 때 리기다소나무, 아까시나무와 함께 많이 심은 나무다. 수피에 다이아몬드 무늬가 셀 수 없이 많아 쉽게 구분할 수 있다.

은백양나무는 요즘 거의 볼 수 없다. 여세대 교정의 중앙로가 백양로인데, 1960년대까지만 해도 은백양나무가 가로수였다. 하지만 이 나무에 벌레가 꼬이고 꽃가루가

사스래나무(위)는 껍질이 회색에 가깝고 얇게 벗겨져 지저분하게 보이고,
거제수나무 (아래)는 수피가 약간 붉고 두꺼운 종이처럼 벗겨진다.
모두 우리 숲에서 자생한다.

은백양나무는 유럽에서 들어온 포플러의 일종이다. 연세대 백주년기념관 옆에 작은 은백양나무 숲을 조성해놓았다.

날리자 은행나무로 대체했다. 뒤늦게 연세대는 2000년쯤 백양로에 은백양나무를 심으려고 했으나 나무를 구하지 못해 애를 먹었다. 교정에서 겨우 몇 그루를 찾고 산림과학원에서 기증한 나무까지 더해 백주년기념관 옆에 작은 은백양나무 숲을 조성해놓았다.

참나무같이 단단한 집사, 장연학

참나무

일처리 깔끔한 최참판댁 집사

소설『토지』의 맨 마지막 장면을 장식하는 인물은 서
희도 길상이도 아닌 최참판댁 집사 장연학이다. 그는 최
참판댁 집안일과 독립운동 지원을 총괄하는 인물이다.
서희가 양현이에게 일제의 항복 소식을 듣고 감격에 겨
워 해당화 가지를 잡고 주저앉는 장면에 이어 다음과 같
은 장면이 소설의 피날레를 장식한다.

이때 나루터에서는 읍내 갔다가 나룻배에서 내린 장연학
이 둑길에서 만세를 부르고 춤을 추며 걷고 있었다. 모자
와 두루마기는 어디다 벗어던졌는지 동저고리 바람으로
"만세! 우리나라 만세! 아아 독립 만세! 사람들아! 만
세다!"

외치고 외치며, 춤을 추고, 두 팔을 번쩍번쩍 쳐들며, 눈물을 흘리다가는 소리 내어 웃고, 푸른 하늘에는 실구름이 흐르고 있었다. (21권 395쪽)

작가는 600여 명의 수많은 『토지』 등장인물 중에서 왜 장연학에게 해방의 감격에 겨워 만세 부르고 춤을 추는, 마지막 장면에 나오는 영광을 부여했을까. 장연학은 『토지』 1~2부에서는 나오지 않다가 서희가 간도에서 돌아와 진주에 정착한 3부부터 나온다. 서희에게 거금 5,000원을 받아 챙긴 조준구가 두만의 가게에서 관수와 석이에게 봉변을 당했을 때 뒤탈 없이 일을 해결하며 등장한다. 길상이 간도에서 돌아오지 않는 상황에서, 외부 출입이 자유롭지 않은 서희와 세상을 잇는 끈 역할을 하는 인물이 장연학이다. 다음은 장연학이 처음 등장하는 장면이다.

연학이 얼굴만 보아도 사실 석이와 관수는 맘이 놓이는 것이다. 연학이는 서당공부를 조금 했을 정도였지만 상당한 지모智謀와 담력이 있는 젊은이였다. 석이보다 한둘 나이는 아래였다. 용모는 별 특별한 곳이 없었으나 깡마른 몸집이 참나무처럼 탄탄했고, 아비를 통하여 최참판네 일에 관여했으며, 또 석이와 관수하고는 동지적 유대가 있었다. 대문을 나선 연학이는 급한 걸음을 옮긴다. (9권 192쪽)

장연학은 일처리가 깔끔한 사람이다. 어떤 일이든 주역으로 나서지는 않고 그림자 같은 역할을 하지만, "항상 사건의 전방에 박쥐처럼 밀착해" 있다가 "물 한 방울 남기지 않고" 뒷설거지를 해내는 인물이다. 그가 등장하면 무슨 일이든 깔끔하게 정리될 것 같다는 믿음이 생긴다. 형사에게 불시에 심문당할 때도 임기응변으로 능숙하게 처리할 만큼 머리 회전도 빠르다. 어느 조직이든 이런 인물이 있으면 잘 돌아가기 마련이다.

서희의 집에서 독립한 후 진주에서 남강여관을 운영하면서 길상이, 김환 등과 함께 은밀히 독립운동을 하지만 그의 주요 역할은 독립운동을 하느라 가장이 빠진 가족들이 살아갈 수 있도록 돌봐주는 것이다.

정석은 서희가 평사리 재산을 되찾는 데 결정적인 역할을 했고 독립운동에도 관여하는 인물이다. 석이가 봉순이를 사모하는 것을 알고 분개한 그의 아내 양을례가 석이의 조직 관여를 신고하면서 그는 만주로 피신할 수밖에 없었다. 남은 석이 가족을 돌보는 일은 서희와 장연학의 몫이었다. 장연학의 주도면밀한 일처리는 석이의 딸 남희 일을 해결할 때 가장 돋보인다.

석이의 아내 양을례는 남희를 자신의 부산 요릿집에 데려갔는데, 남희는 일본 장교에게 성폭행당하고 몹쓸 병까지 걸린다. 장연학은 우선 남희를 치료하고 나서, 의사에게 절대 비밀을 부탁한다. 그런 뒤 아무 일 없는 것처럼 할머니를 안심시키고, 양을례는 몰래 불러내 꾸짖는다. 장연학은 남희의 정신적인 치료부터 요양, 그 이후 생활 대책까지 하나하나 처리해나가는 것이다.

장연학이 사려 깊고 인간에 대한 애정을 가진 인물이기에 이런 일처리가 가능했을 것이다. 이덕화 평택대 명예교수는 『토지와 서사구조』에서 "『토지』의 큰 서사구조는 독립운동군과 그 가족들의 삶이라고 할 수 있는데, 그 삶의 구조를 연결해주는 역할을 하는 것이 바로 장연학"이라고 했다. 이 교수는 "가장이 독립운동에 참여함으로써 남은 가족들은 생계가 막연하고 누군가의 돌봄이 필요한데, 최참판댁 서희의 막강한 재력에 의지한 장연학이 그 돌봄의 중심 역할을 하는 것"이라며 "장연학의 역할을 통해 가족을 지키면서도 그 가족의 따뜻한 사랑이 민족 공동체 형성까지 이어지게 한다"고 했다.

장연학은 후반부로 갈수록 많이 등장하더니 급기야 『토지』의 대미를 장식하는 역할까지 맡는다. 작가는 여러 글과 인터뷰에서 "길상이라는 인물에 내가 욕심을 가졌다"고, 그러니까 잘 그리려는 욕심을 가졌다고 했다. 하지만 마지막에는 장연학이라는 인물에 욕심을 가진 것 아닌가 하는 생각이 들 정도다.

작가는 장연학이 처음 등장할 때 "깡마른 몸집이 참나무처럼 탄탄"하다고 했다. 그의 일처리야말로 참나무처럼 단단하다. 참나무는 전국 어느 산이나 흔한 나무다. 그래서 『토지』에도 참나무가 여러 번 등장하는 것은 자연스럽다. 우선 구천이가 별당아씨와 사랑에 빠져 괴로워할 때 참나무가 나온다.

울음소리였다. 심장을 찢어내는 것 같은 울음소리였다.
세상에 사나이가 저리 울 수 있는지.
소리는 크지 않았으나 구천이의 통곡은 참나무 뒤에 숨은 두 사나이를 망연자실케 했다.
그들은 전율을 느꼈다. (1권 52쪽)

상수리나무는 마을 근처에 흔한 참나무다. 하동 최참판댁 마당엔
제법 큰 상수리나무가 자라고 있다.

　소설에서　말랐다는　점을　강조할　때도　참나무를　쓰고
있다. "참나무같이　말라　뼈만　앙상한　마누라　손등" "참
나무같이　메마르고　여윈　얼굴　위에" 같은　표현이　그　예
다. 또　장연학　사례에서　보듯, '단단하다'는　의미를　강조
할　때도　쓰였다. 환국이가　전하는　얘기로 "참나무같이　단
단하고　오월　나뭇잎같이　싱그러운　우리의　형제들은　어찌
되었나"라고　표현할　때도　그렇다. 장연학에게는 '말랐다'
와 '단단하다'는　의미가　중의적으로　쓰인　경우　같다. 장

연학은 몸집도 참나무처럼 깡말랐지만 일 처리도 참나무같이 단단한 사람인 것이다.

　장연학이 참나무처럼 단단한 사람이라면, 윤보는 박달나무처럼 건장한 사람이다. 작가가 즐겨 쓰는 표현 중 하나가 '체구가 박달나무 같다'는 것이다. 평사리 목수인 윤보는 조준구를 치는 평사리 의거를 주도하고 의병 활동을 하다 죽는 인물이다. 그의 "체구는 박달나무같이 탄탄하고 늠름"했다. 그는 동학 전쟁 때도 "우레 같은 소리를 지르며 박달나무같이 건장한 몸을 날려 무리들을 선동하고 사기를 돋우며 언제나 앞장섰다."

　박달나무는 단단하고 강한 나무의 대표다. 다듬잇방망이, 빨랫방망이, 디딜방아의 방앗공이와 절굿공이, 나졸들의 육모방망이 등 단단한 것은 모두 박달나무로 만들었다. 박달나무는 흑회색 반질거리는 수피를 갖고 있는 것이 특징이다. 송관수가 주막 영산댁에게 "할매도 많이 늙었십니다"고 하자, 영산댁이 "박달나무도 좀쏜다 했인께로 늙는 것을 누가 막을 거여"라고 답하는 대목이 있다. 여기서도 박달나무는 단단한 나무 의미로 쓰인 것을 볼 수 있다.

상·굴, 졸·갈, 신·떡

참나무는 우리나라 숲에서 가장 흔한 나무다. 하지만 '참나무'라는 종은 없다. 참나무는 어느 한 나무를 지칭하지 않고 참나무 종류를 모두 아우르는 이름이기 때문이다. 들국화라는 종은 따로 없고, 벌개미취·쑥부쟁이·구절초 등 가을에 피는 야생 국화류를 총칭하는 말인 것과 마찬가지다. 참나무는 영어로 오크oak여서 오크밸리 같은 지명이 있다.

가을이 깊어져 참나무 열매인 도토리도 누렇게 익어가기 시작하면 참나무 종류를 익힐 수 있는 좋은 기회다. 이때 나무에 잎과 열매가 함께 보이기 때문이다. 마을 근처에 흔한 상수리나무, 나무껍질이 굵어 굴피집 짓는 데 쓰인 굴참나무, 잎이 무리 중 가장 작은 졸참나무, 늦가을까지 황갈색 단풍이 물드는 갈참나무, 옛날에 잎사귀를 짚신 밑바닥에 깔창 대신 썼다는 신갈나무, 잎으로 떡을 싸서 쪄 먹었다는 떡갈나무… 헷갈리기만 한 이 '참나무 6형제'를 잎과 열매를 함께 보며 익힐 수 있는 절호의 기회인 것이다.

참나무 종류는 '상·굴, 졸·갈, 신·떡'으로 둘씩 짝지어 기억하는 것이 좋다. 먼저 상수리나무는 마을 근처 산지

박달나무는 단단하고 강한 나무의 대표격이다. 흑회색 반질거리는
수피가 특징이다.

상수리나무(위)와 굴참나무(아래) 잎은 밤나무 잎처럼 길쭉하고 잎 가장자리에
날카로운 톱니가 있다. 상수리나무 잎은 폭이 좁으며 잎끝이 더 뾰족하고,
굴참나무 잎 뒷면은 회백색이다.

의 낮은 곳에 흔한 나무다. 임진왜란 때 선조가 피난갔을 때 상수리나무 도토리로 묵을 만들어 올렸는데, 나중에 궁궐에 돌아와서도 계속 올리라고 해서, 수라상에 올랐다고 이 같은 이름이 생겼다는 얘기가 전해진다.

상수리나무와 굴참나무 잎은 밤나무 잎처럼 길쭉하게 생겼다. 잎이 길쭉한 편이면 상 아니면 굴이다. 또 둘 다 잎 가장자리에 가시 모양의 날카로운 톱니가 있다. 둘을 비교하면, 상수리나무 잎은 폭이 좁고 잎끝이 더 뾰족한 반면, 굴참나무 잎은 상대적으로 넓고 잎끝이 둔한 편이다. 그래도 헷갈릴 경우 잎 뒷면을 보면 굴참나무 잎은 회백색으로 앞면과 확실한 대비를 이룬다.

나머지 '졸·갈, 신·떡' 나무 잎은 넓죽한 편이다. 그중에서 졸참나무와 갈참나무는 잎자루*가 긴 편이고, 신갈나무와 떡갈나무는 잎자루가 없거나 아주 짧은 것으로 구분할 수 있다. 그래서 '상·굴, 졸·갈, 신·떡'으로 기억하는 것이 좋다.

졸참나무와 갈참나무는 잎 모양이 좀 다르다. 졸참나무 잎은 긴 타원 모양, 갈참나무 잎은 거꾸로 선 달걀 모

---

* 잎몸을 줄기나 가지에 붙게 하는 꼭지 부분.

양이다. 졸참나무 잎은 날카로운 톱니 모양이지만, 갈참나무 잎 가장자리는 신갈나무와 떡갈나무처럼 물결 모양이다. 특히 졸참나무는 열매가 작고 길쭉해서 쉽게 구분할 수 있다. 또 갈참나무 잎은 굴참나무 잎처럼 뒷면이 회백색이니 확실히 구분할 수 있다.

잎자루가 없거나 아주 짧은 신갈나무와 떡갈나무를 가장 쉽게 구분하는 방법은 잎 뒷면, 특히 주맥에 털이 있는지 여부를 보는 것이다. 신갈나무는 없고 떡갈나무는 있다. 물론 잎 가장자리 물결을 보고도 구분할 수 있는데 떡갈나무 잎이 더 큰 물결이다. 물결의 크기는 '상·굴, 졸·갈, 신·떡'의 역순으로 떡갈, 신갈, 갈참, 졸참 순이다. 신갈나무는 우리 숲에서 가장 흔히 만날 수 있는 참나무로, 우리 숲에서 가장 많은 비율을 차지하는 나무이기도 하다.

도토리로도 구분할 수 있다. '상·굴, 졸·갈, 신·떡'에서 상, 굴, 떡 등 양끝 세 가지는 깍정이에 털이 많다. 반면 가운데 졸, 갈, 신은 깍정이에 털이 없고 밋밋하다. 상, 굴, 떡은 털모자를, 졸, 갈, 신은 빵모자를 쓴 것 같다.

이 나무들을 처음부터 한 번에 구분하는 것은 쉽지 않다. 잎 모양이나 잎자루 길이가 어중간한 경우도 많고 이

졸참나무(위)와 갈참나무(아래)는 잎자루가 긴 편이다. 졸참나무 잎은
긴 타원 모양에 날카로운 톱니가 있다. 갈참나무 잎은 거꾸로 선 달걀 모양이고
가장자리는 물결 모양이다.

신갈나무(위)와 떡갈나무(아래)는 잎자루가 없거나 아주 짧다. 잎 뒷면, 특히
주맥에 털이 없으면 신갈나무, 있으면 떡갈나무다. 잎 가장자리의 물결은
떡갈나무가 더 크다. 신갈나무는 우리 숲에서 가장 흔히 만날 수 있는 참나무다.

들 사이에 교잡이 일어나 두 나무의 특징이 반반씩 섞인 나무들도 적지 않기 때문이다. 하루아침에 다 구분하려고 하지 말고 느긋하게, 그러나 특징을 기억하면서 관찰하다 보면 머지않아 멀리서 보아도 무슨 나무인지 알 수 있는 날이 올 것이다.

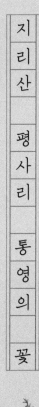

지
리
산

평
사
리

통
영
의

꽃

지리산 꽃과 나무들

한과 저항 품은 거대한 산

지리산은『토지』에서 주요 무대 중 하나다. 최참판댁이 있는 평사리에서 북서쪽으로 조금만 가면 지리산이다. 연곡사 등 사건이 벌어지는 절이 많이 있는 곳이 지리산이고, 최치수가 구천이와 별당아씨를 쫓는 곳도, 강쇠 등 많은 등장인물이 사는 곳도 지리산이다.

작가 박경리는『작가세계』1994년 가을호 인터뷰에서 평사리와 지리산을 배경으로 잡은 이유에 대해 "『토지』는 만석꾼의 대지주가 필요했고, 한恨과 저항을 품어 안을 거대한 산이 있어야 했다"며 "한번은 친척이 사는 화개에 들렀다가 눈앞에 펼쳐지는 악양들과 섬진강을 발견했고, 지리산이 뒷모습을 받쳐주고 있는 것을 보고 '여기다' 하고 무릎을 쳤다"고 했다.

함박꽃나무는 5~6월 산에서 목련처럼 생긴 싱그러운 꽃을 피운다.
목련 비슷하게 생겨 산목련이라고도 부르며 맑고 그윽한 꽃향기가 일품이다.

  소설에서 필자가 주목하는 것은 지리산에 핀 꽃들이
다. 지리산에 핀 꽃 중 가장 반가운 것은 산목련이라고
표현한 함박꽃나무였다. 최치수 일행이 구천이를 쫓아
막 지리산으로 들어섰을 때 산목련이 등장한다.

  아름드리 산목련나무와 우묵하게 철쭉으로 가려졌던 계
  곡을 지나 일행은 관목 지대를 계속 헤치고 간다. 원시
  림인 데다 산죽이 밀생하여 하늘이 보이지 않는다. (2권
  163쪽)

이 두 문장에 산목련, 철쭉, 산죽 등 세 가지 식물이 나온다. 여름이 시작할 무렵인 5~6월 산에 가면 목련처럼 생긴 싱그러운 꽃을 볼 수 있다. 정식 이름은 함박꽃나무지만 목련 비슷하게 생겨 흔히 산목련이라고도 부른다. 함박꽃나무 꽃은 맑고도 그윽한 꽃향기가 일품인데, 말 그대로 청향淸香이다. 지리산뿐 아니라 전국 산에서 만날 수 있고, 서울역 옆 공중 수목원 '서울로'에도 여러 그루를 심어놓았다.

5월 지리산 노고단에서 천왕봉으로 가다 보면 철쭉을 원 없이 볼 수 있다. 전형적인 분단문학 작품인 문순태의 단편 「철쭉제」는 이 철쭉을 소재로 한 소설이다. 철쭉은 연한 분홍색 꽃이 피는 나무다. 꽃이 연한 분홍색이라 '연달래'라고도 부른다. 철쭉은 꽃잎 안쪽에 붉은 갈색 반점이 선명하다. 철쭉은 아주 싱그러운 향기도 갖고 있다. 둥근 잎이 다섯 장씩 돌려나는데 주름이 있는 것이 특징이다.

『토지』엔 산철쭉도 자주 나온다. 2부에서 혜관스님이 지리산에 오를 때 "사방이 어둑어둑해올 무렵, 잎은 다 떨쳐버렸으나 볏가리 더미 같은 산철쭉 가쟁이가 도랑을 향해 쓰러진 옆의 오솔길로 접어든다"는 대목이 있다.

산철쭉은 철쭉보다 색깔이 '진한' 분홍색이고, 잎 모양은 진달래와 비슷한 긴 타원형이다. 그러니까 꽃이 연분홍색이고 잎이 둥글면 철쭉, 꽃이 진분홍색이고 잎이 긴 타원형이면 산철쭉으로 보면 틀리지 않을 것이다. 산철쭉은 계곡 등 물가에 많이 피어 '수달래'라는 이름도 갖고 있다. 사람들은 흔히 지리산 세석평전과 바래봉 철쭉을 그냥 철쭉이라 부르는데 종류가 다르다. 바래봉 철쭉은 진분홍 산철쭉이고, 세석평전 철쭉은 연분홍 철쭉이다.

산죽도 『토지』에 여러 번 나온다. 김평산과 삼수가 강포수를 찾으러 지리산을 오를 때 "그들은 산죽山竹을 헤치며 나간다." 산죽은 산에서 흔히 만나는 작은 대나무, 조릿대를 달리 부르는 이름이다. 조릿대보다 좀 큰 것은 이대다. 2미터를 기준으로 그 미만이면 조릿대, 이상이면 이대로 구분할 수 있다. 또 조릿대는 굵기가 0.5센티미터 정도로 예전에 조리를 만들 때 쓴 재료였고, 이대는 굵기가 1센티미터 정도, 그러니까 연필 굵기 정도로 과거에 붓대, 담뱃대, 화살을 만드는 데 썼다.

『토지』를 읽다가 청미래덩굴도 발견했다. 6권에서 혜관스님이 환이와 함께 운봉 노인 양재곤에게 갈 때 "빨갛게 물든 열매 네댓 개 붙은 망개 가지 하나가 환의 구멍

꽃이 연분홍색이고 잎이 둥글면 철쭉(왼쪽), 꽃이 진분홍색이고 잎이 긴
타원형이면 산철쭉(오른쪽)이다.

난 백립白笠 갓전에 꽂혀" 있었다. 환이가 백부인 우관선
사가 입적한 것을 알고 백립을 썼는데, 거기에 붉은 열매
가 달린 망개 가지를 꽂은 것이다. 여기서 '망개'는 청미
래덩굴의 지역명이다. 12권에서도 봉순이가 섬진강에 몸
을 던졌을 때 개똥이가 "새빨간 열매가 주렁주렁 꽃같이
매달린 망개나무를 꺾어 한아름 안고"와 백자병에 꽂아
상 위에 올려놓는 장면이 있다.

청미래덩굴은 지리산뿐 아니라 어느 숲에서나 흔히 볼
수 있는 친숙한 덩굴이다. 지역에 따라 망개나무, 맹감

조릿대(위)는 산에서 흔히 만나는 작은 대나무라고 산죽이라고도 부른다.
조릿대보다 좀 큰 것은 이대(아래)다. 2미터를 기준으로 미만이면 조릿대,
이상이면 이대로 구분할 수 있다.

청미래덩굴은 숲에서 흔히 볼 수 있고 지역에 따라 망개나무, 맹감 혹은 명감나무라고 부른다. 가을에 지름 1센티미터 정도 크기로 동그랗고 반들반들하게 익어가는 빨간 열매가 인상적이다.

혹은 명감나무라고 부른다. 가을에 지름 1센티미터 정도 크기로 동그랗고 반들반들하게 익어가는 빨간 열매가 꽃보다 인상적인 나무다. 덩굴손을 뻗으며 성장하는 모습도 귀엽다. 잎 모양은 둥글둥글한 원형에 가깝지만 끝이 뾰족하고 반질거린다. 청미래덩굴과 비슷한 식물로, 검은색에 가까운 열매가 달리는 청가시덩굴이 있다.

도라지꽃도 몇 번 보인다. "흰 도라지꽃이 핀 산막 뜰에 저녁 안개가 밀려들었다. 강 포수는 조준구가 가지고 간 엽총을 어루만지고 있었다" "우관은 감았던 눈을 떴다. 문살이 뚜렷한 장지가 밝게 눈부시다. 가을이 오고 있는 것이다. 마을보다 한 걸음 앞서 산사의 가을은 도라지꽃에서부터 시작된다" 같은 식이다.

도라지꽃은 6~8월 보라색 또는 흰색으로 피는데, 별처럼 다섯 갈래로 갈라진 통꽃이 기품이 있으면서도 아름다운 꽃이다. 우리나라 전국의 산에서 볼 수 있으며, 일본과 중국에도 분포하는 식물이다. 우리가 흔히 보는 도라지꽃은 밭에서 재배하는 것으로, 나물로 먹는 것은 도라지 뿌리다. 도라지꽃은 개화 직전 누가 바람을 불어넣는 풍선처럼 오각형으로 부풀어 오른다. 그래서 영어 이름이 'Balloon flower', 풍선꽃이다.

2권엔 서희가 봉순이, 삼월이와 함께 산에 가서 산딸기를 따오는 장면이 있다.

서희가 봉순이와 함께 쫓아 들어왔다. 그들 뒤를 삼월이 따라 들어왔다. 안정을 잃은 모습이었다.
"어디 갔다 오십니까?"
"우리 산에 갔다 왔어. 이봐. 산딸기 많이 땄지?"
꽃바구니를 내보인다. 빨갛게 익은 산딸기가 가득 들어 있었다." (2권 162쪽)

도라지꽃은 6~8월에 보라색 또는 흰색으로 핀다. 별처럼 다섯 갈래로 갈라진 통꽃이 아름답다.

산딸기 집안에는 산딸기 외에도 줄딸기, 멍석딸기, 곰딸기 등 아주 다양한 사촌들이 있다. 산딸기는 초여름에 흰색 꽃이 핀다. 붉은빛이 도는 줄기에 가시를 매달고 있으니 조심할 필요가 있다. 손가락 정도 길이인 잎은 셋 또는 다섯 갈래로 거칠게 갈라져 있다. 산딸기 종류는 20여 가지가 있는데 이 집안에서 가장 먼저 꽃이 피고 열매도 가장 먼저 익는 것은 줄딸기다. 줄딸기는 다섯 장씩 달린 분홍빛 꽃잎을 줄줄이 달고 있다. 새로 나는 줄기 끝마다 꽃자루를 쭉 내밀어 꽃이 줄줄이 피는 것이 재미

산딸기는 초여름에 흰색 꽃이 핀다. 잎은 셋 또는 다섯 갈래로 거칠게 갈라져 있다. 꽃도 열매도 줄줄이 달리는 줄딸기는 산딸기 종류 중에서 가장 먼저 꽃이 피고 열매도 가장 먼저 익는다.

있다. 멍석딸기도 흔한 편이다. 멍석딸기는 잎이 세 장씩 달리고 뒷면이 흰 털로 하얗게 보이는 것이 특징이다.

월선이가 연락도 없이 떠나자 용이가 무기력증에 빠져 있을 때 용이가 산에서 내려와 기댄 나무는 오리나무였다.

한나절이 훨씬 지난 뒤 용이 겨우 골짜기에서 내려왔다. 삼신당으로 꺾어지는 길에서 얼마간 지나왔을 때 기진한 용이는 오리나무 밑에 쓰려졌다. 산개미들이 무리를 지어 기어올라 왔으나 털어낼 기운을 잃은 용이는 간신히 몸을 일으켜 오리나무 밑동에 기대어 앉는다. (1권 409쪽)

오리나무는 잎이 보통 잎처럼 끝이 뾰족한 긴 타원형이다. 가장자리에 불규칙한 잔 톱니가 있고 측맥이 7~11쌍이다. 원래는 산 아래 낮은 쪽에 많았다는데, 이 지역이 농경 활동이나 주거지 등으로 이용하기 좋은 땅과 겹치면서 서식지를 잃어가 이제는 만나기가 쉽지 않은 나무다.

오리나무 종류 중에서 가장 흔하게 볼 수 있는 것은 물오리나무다. 물오리나무는 산에서 소나무나 참나무 다음

멍석딸기는 꽃이 연분홍색이다. 잎이 세 장씩 달리고 뒷면에 흰 털이 보인다.

으로 흔히 볼 수 있는 나무 중 하나다. 우선 잎이 거의 동그란 원형에 가까워 금방 식별이 가능하다. 넓은 달걀형인데, 가장자리가 5~8개로 비교적 얕게 갈라지고 그 갈라진 가장자리에 또 얕게 갈라지는 겹톱니를 갖고 있다. 물오리나무가 자주 보이는 것은 산림 조성용으로 많이 심은 데다, 이 나무가 적응력이 뛰어나 토양 습도가 조금 부족한 곳이나 일조량이 충분하지 않은 곳에서도 잘 자라기 때문이다. 척박한 곳에서 잘 자라 공중의 질소를 고정시켜 땅을 비옥하게 하는 고마운 나무이기도 하다. 작은 솔방울 모양 열매도 흔히 볼 수 있어서 친숙하다.

물오리나무는 산에서 소나무나 참나무 다음으로 흔히 볼 수 있는 나무다. 잎이 거의 원형에 가까워 금방 식별할 수 있고 작은 솔방울 모양 열매도 친숙하다.

『토지』에서 말채나무를 발견한 것도 재미있었다. 송관수가 만주로 가기 전 신변 정리 차원에서 딸 보연을 지리산에 데려와 강쇠에게 며느리 삼아달라고 했다. 그런데 강쇠의 아들 휘는 "말채나무의 검은 열매가 이따금 알른알른 비치곤" 하는 숲속에서 엉겹결에 이웃 순이와 포옹하고 입을 맞춘 적이 있었다. 휘와 보연의 첫날밤 순이가 보이지 않아 야밤에 숲속을 뒤지는 소동이 벌어졌지만, 다행히 순이는 숯가마 속에서 자고 있었다.

말채나무는 전국에서 자생하는 층층나무과 나무다. 나

말채나무는 전국에서 자생하는 충충나무과 나무다. 잎은 마주나기로 달리고
타원형이며 잎맥은 4~5쌍이다. 비슷하게 생긴 충충나무는 잎이 어긋나기로
달리고 잎맥이 6~9쌍으로 많다.

무껍질이 진한 흑갈색이고 세로로 길쭉길쭉한 두꺼운 조
각으로 그물처럼 갈라지는 것으로 구분할 수 있다. 또 잎
은 마주나기로 달리고 타원형이며 잎맥은 4~5쌍이다. 비
슷하게 생긴 충충나무는 가지는 충충이 돌려나지만 잎이
어긋나기로 달리고 측맥이 6~9쌍으로 많은 점이 다르다.
말채나무는 가지가 낭창낭창해서 말채찍으로 쓰기에 좋
다는 뜻의 이름이다.

『혼불』『토지』『지리산』

마지막으로 지리산을 중심에 놓고 우리 대하소설들을 정리한 서울대 김윤식 명예교수의 분석을 소개하고 싶다. 김 교수는 『박경리와 토지』에서 "『토지』 앞에 『혼불』이 놓이고, 『토지』 뒤에 『지리산』이 놓임으로써 지리산은 온전할 수 있었다"고 썼다. 『혼불』은 지리산을 멀리 육안으로 볼 수 있는 남원 땅 매안마을이 배경이다. 『지리산』 작가 이병주는 『토지』의 배경 마을인 평사리에서 멀지 않은 하동군 북천면 출신이다. 김 교수는 "학병 출신 작가인 이병주는 소설 『토지』에서 학병으로 끌려간 최윤국*에 다름 아니다"라고 했다.

---

* 서희의 둘째 아들.

하동 평사리에 핀 꽃들

치자꽃 · 박꽃 · 배롱나무

경남 하동군 악양면 평사리는 『토지』의 주 무대다. 특히 1부의 주 무대이고 2~5부에서도 평사리를 오가며 이야기가 펼쳐지고 마지막 장면도 서희가 평사리에서 일제의 항복 소식을 듣는 것으로 끝난다. 작가는 평사리에서 『토지』를 전개하면서 많은 꽃을 등장시켰다. 우선 서희가 어릴 때 아버지 최치수에게 문안하러 가는 장면이다.

사랑의 앞뜰에는 햇빛이 화사하게 비치고 있었다. 돌담 용마루 높이만큼 키를 지닌 옥매화, 매초롬한 회색 가지를 뻗은 목련, 삼화에 석류나무, 치자나무는 마치 봄날의 햇빛을 받아 노곤한 것처럼 보였으나 이미 순환은 멈추어졌을 것이며 메말라버린 나뭇잎도 얼마 남지 않았다. (1권 52쪽)

불과 두 문장에 옥매화, 목련, 석류나무, 치자나무 등 네 가지 식물이 나온다. 옥매는 옥처럼 하얗고 매화를 닮은 꽃을 피운다고 옥매다. 4~5월 정원에서 연한 홍색으로 매화를 쏙 빼닮은 꽃이 피는 나무가 있는데 이 나무가 산옥매다. 옥매는 산옥매를 개량해 꽃잎을 여러 겹으로 만든 품종이다. 이 과정에서 옥매는 암술과 수술이 없어져 열매가 달리지 않는다. 하지만 봄이 한창일 때 새하얀 작은 꽃잎 수십 개가 모여 작은 공 모양으로 피는 것이 아름다워 화단에서 자주 볼 수 있는 꽃이다.

치자나무는 상록관목*으로, 열매는 노란 물을 들일 때 쓰는 식물이다. 아름다운 하얀 꽃은 신선하면서도 강하고 달짝지근한 향기를 갖고 있다. 우리나라에 자생하는 나무가 아니라 중국이 원산지다. 제주도 등 남쪽 지방에 가면 밖에서도 잘 자라지만, 중부 지방에서는 밖에서 겨울 추위를 이기지 못해 대개 화분에 심어 가꾼다. 치자꽃은 조정래의 『태백산맥』에서 외서댁이 처녀 시절 유달리 좋아했던 꽃이다. 친정집에 쌀을 얻으러가서도 "친정집 부엌문 옆에 탐스럽게 걸려 있는 황홍색 치자 묶음"을 가

---

* 늘푸른키작은나무.

▲ 옥매는 옥처럼 하얗고 매화를 닮은 꽃을 피운다. 산옥매를 개량해 꽃잎을 여러 겹으로 만든 품종이다.

▼ 치자나무는 열매를 노란 물을 들일 때 쓰는 식물로, 하얀 꽃은 강하고 달짝지근한 향기가 난다.

『토지』 무대를 재현해놓은 평사리 최참판댁 마을 한 초가집 지붕에
탐스러운 박이 열려 있다.

겨울 정도로 치자꽃을 좋아했다.

　소설에서 평사리에 핀 꽃들 중 가장 인상적인 것은 박
꽃이었다. 소설 무대를 재현해놓은 평사리 최참판댁에
갔을 때도 한 초가집 지붕에 탐스러운 박이 여러 개 열려
있는 것을 볼 수 있었다. 소설에서 용이 집 등의 싸리 울
타리에는 박덩굴이 자라고 있다.

　"용아!"

　박꽃이 하얗게 핀 울타리 밖에서 부르는 소리부터 났고

다음 칠성이 마당으로 쑥 들어섰다. (1권 295쪽)

지난가을, 아니 그전의 가을에도 이영을 갈아 씌우지 않았던 용마름의 짚이 썩어서 문적문적 무너지고 그 용마름 위에 마른 박덩굴이 얽혀서 바람에 흔들리고 있었다. (1권 97쪽)

작가는 실물 박이나 박덩굴뿐 아니라 비유에서도 "영근 박같이 팡팡하고 잘생긴 서희 이마빼기에 정맥이 나돋고 부풀어 오르며 기어이 뒹굴기 시작하는 것이다"와 같이 박을 많이 쓴다.

박꽃은 여름에 피는 흰 꽃의 대명사다. 달맞이꽃처럼 낮에는 꽃잎을 오므리고 있다가 초저녁부터 핀다. 어릴 적엔 초가집 지붕에서 흔히 볼 수 있었으나, 초가지붕이 사라지면서 박꽃도 보기 힘들어져서 요즘은 수목원에나 가야 겨우 볼 수 있다. 작가 박경리가 하얀 박꽃 같았다는 글도 있다. 박경리와 친하게 지낸 화가 천경자는 작가의 "첫인상이 하얀 박꽃처럼 청결하고 아름답다"[*]고 했다

---

* 김형국, 『박경리 이야기』, 나남출판, 2022, 294쪽.

는 것이다.

배롱나무는 원래 남부 수종인 만큼 평사리가 주 무대인 『토지』에도 많이 등장한다. "이러고 저러고 해서 세운 송덕비며 이끼가 낀 열녀비며 또는 장승 옆에 한두 그루씩 서 있는 백일홍나무에는 물기 잃은 바람이 지나갈 것이다" "그러나 길상은 날개가 상하고 기진맥진한 벌을 소중하게 싸들고 가서 백일홍나무의 그 분홍 빛깔 꽃 속에다 넣어준다" 같은 대목이 있다.

배롱나무는 불타는 듯 붉은 꽃이 나무 전체를 뒤덮는다. 멀리서 보면 마치 진분홍 구름이 내려와 있는 것 같다. 평사리 최참판댁 근처 배롱나무들은 유난히 진분홍색이 진해서 보라색에 가까울 정도였다. 배롱나무는 약 100일간 붉은 꽃이 핀다는 뜻의 '백일홍百日紅나무'가 원래 이름이었다. 그러다 발음을 빨리하면서 배롱나무로 굳어졌다. 꽃 하나하나가 100일을 가는 것은 아니고 작은 꽃들이 연속해서 피어나 내내 피어 있는 것처럼 보이는 것이다. 꽃을 자세히 보면 다닥다닥 달린 콩만 한 꽃망울이 팝콘처럼 터져 꽃잎과 꽃술을 넓게 펼치는 형태다. 원래는 주로 충청 이남에서 심는 나무였으나 온난화 영향으로 서울에서도 월동이 가능해졌다. 이에 따라 서

배롱나무는 한여름 약 100일간 붉은 꽃이 핀다는 뜻의 백일홍나무가
원래 이름이었으나 발음을 빨리하면서 배롱나무로 굳어졌다.

울에서도, 특히 최근 조성한 화단에서 배롱나무를 흔히
볼 수 있다. 멕시코 원산의 '백일홍'이라는 1년생 식물이
따로 있다.

팽나무도 배롱나무 비슷하게 남부 지방에 많이 심은
나무지만 요즘엔 서울 등 중부 지방에서도 흔히 볼 수 있
다. 팽나무는 평사리 마을 삼신당 옆에도 있고 최참판댁
에도 있다.

　환한 달빛 속에 팽나무가 우뚝 나타났다. 강청댁은 돌 하

평사리 최참판댁엔 사랑채 입구에 비교적 큰 팽나무를 두 그루 심어놓았다.

나를 주워 팽나무 둘레에 쌓인 돌무덤 위에 얹고 손을 모
아 수없이 절을 한다.
"영특하신 목신님네 소원성취 비나이다. 자식 하나 점지
하소서."(1권 117쪽)

안채와 별당 사이에 서 있는 한 그루 팽나무 속에서 우는
걸까. 찢어지게 공간을 흔들며 매미가 운다.(4권 131쪽)

평사리 최참판댁엔 사랑 입구에 비교적 큰 팽나무를

노랑제비꽃은 해발 300미터 이상 산지에서 자라는 제비꽃이다.
초봄 북한산 등산로에서 특히 많이 볼 수 있다.

두 그루 나란히 심어놓았다. 2022년 인기를 끈 드라마
「이상한 변호사 우영우」에 나오는 창원 북부리 팽나무
처럼 웅장하지는 않았지만 그런대로 근사한 팽나무들이
었다.

『토지』에는 '말꽃'이라는 예쁜 꽃이름이 등장한다. 어
린 서희와 봉순이가 별당 뜰에서 놀 때 "별당 뜰에는 권
태로운 한낮이 쭉 늘어져 있었다. (…) 작은 꽃, 노랑 빛
깔의 말꽃이 흔들린다"는 대목이 있다. 말꽃은 제비꽃의
경남 방언이다. 제비꽃은 오랑캐꽃, 앉은뱅이꽃, 씨름꽃,

장수꽃 등 지방별 별칭이 참 많은 꽃인데, 말꽃도 그중의 하나다. 제비꽃은 국내 종만 50가지 안팎인 데다 변이가 심해 구분하기 참 어려운 꽃이다. 소설에서 노랑 빛깔의 말꽃이라고 했으니 별당 뜰에 있는 제비꽃은 노랑제비꽃 이 틀림없다. 노랑제비꽃은 인가 주변보다는 해발 300미 터 이상 산지에서 자라는 제비꽃이다.

소설 『토지』에서, 특히 1부에서 빠뜨릴 수 없는 나무가 있다. 평사리를 호열자가 휩쓸었을 때 사람들은 "귀신을 쫓는다는 가시 돋친 엉게나무 토막을 방문 위에 걸어"놓 는다. 이 엉게나무는 음나무, 다른 말로 엄나무를 가리킨 다. 음나무는 위압적으로 큰 가시와 물갈퀴가 달린 오리 발처럼 생긴 커다란 잎이 특징이다. 음나무와 두릅나무 는 새순을 나물로 먹는 대표적인 나무인데, 음나무는 가 시가 자잘한 두릅나무와는 또 다르다. 옛날에 잡귀가 들 락거리는 것을 막기 위해 가시가 돋은 음나무 가지를 문 설주 위에다 가로 걸쳐놓는 풍습이 있었다.

『토지』에서 도라지꽃이 지리산에서도 나오지만 평사 리 인근에서도 볼 수 있다. 월선이가 7월 백중날 섬진강 건너 선혜사를 찾았을 때, "산사 뜨락의 도라지꽃, 달맞 이꽃, 창백한 꽃들은 애잔하게 고개를 쳐들며 혹은 엷게

음나무는 큰 가시와 오리발처럼 생긴 커다란 잎이 특징이다. 옛날에 잡귀를 막기 위해 가시가 돋은 음나무 가지를 문설주 위에다 걸쳐놓는 풍습이 있었다.

스치는 바람에 흔들리고" 있다. 평사리 최참판댁엔 별채 마당에 도라지밭을 만들어놓았다.

도라지꽃과 함께 나오는 달맞이꽃은 바늘꽃과 두해살이풀로, 여름에 노란색 꽃이 잎겨드랑이마다 한 개씩 달리는 꽃이다. 박꽃처럼 저녁에 피었다가 아침에 시든다. 달맞이꽃은 어릴 적부터 보아온 아주 친근한 식물이지만 고향이 남미 칠레인 귀화 식물이다. 하지만 일찍이 우리나라에 들어와 자리 잡아 전국 어디에서나 흔히 볼 수 있다. 작가는 일본의 침략 본성에 대해 쓴 『동아일보』 칼

달맞이꽃은 바늘꽃과 두해살이풀로, 여름에 노란색 꽃이 저녁에 피었다가 아침에 시든다. 친숙하지만 남미 원산의 귀화 식물이다.

럼*에서 "언덕에는 달맞이꽃이 이슬을 머금고 피어 있었다. 톱니같이 거칠어 보이는 잎사귀와는 판이하게 연한 노란빛의 꽃은 연약하고 귀스럽다"라는 스케치를 넣는 등 달맞이꽃에 남다른 관심을 보였다.

현장 답사 대신 상상력과 직관력으로

작가의 고향은 통영이다. 그런데 작가는 왜 하동 평사

---

* 박경리, 「달맞이꽃과 백로」, 『동아일보』, 1995. 8. 20.

리를 주 무대로 택했을까. 작가는 경상도 사투리를 구사할 수 있게 경상도 안에서 무대를 찾으려 했고, 만석꾼이 나옴 직할 넓은 땅을 찾았다. 경상도에는 그만한 땅이 흔하지 않았다. 그런데 『토지』 집필 착수 전이던 1968년쯤 딸 김영주 씨가 탱화 자료수집을 할 때 동행해 평사리에 있는 사찰 한산사를 찾았다. 그때 평사리 앞 악양 들판이 넓은 것을 알았다. 잠시 악양 들판을 멀찌감치서 바라보았을 뿐이다. 여기에다 지리산과 가까워 평사리로 정한 것이다.*

이 말은 놀랍게도 작가가 평사리를 답사하지 않고 소설을 썼다는 얘기다. 박경리는 『문학을 지망하는 젊은이들에게』에서 현장 답사를 하지 않는 이유에 대해 이렇게 말했다.

나는 현장 답사라는 것을, 『시장과 전장』을 쓸 때 해본 적이 있었다. 빨치산들의 생활을 전혀 몰랐기 때문에 합천 해인사에 갔었다. 그러나 그게 그리 큰 도움이 되지 못했고 자꾸만 걸리적거려서 애를 먹었다. (…) 연변과 간도

---

* 김형국, 『박경리 이야기』 나남출판, 2022.

에 가본 것도 『토지』 속에서 간도에 관한 내용이 끝난 뒤였다. 오히려 내가 해란강을 보았더라면 작품 속에서 해란강을 그리기가 매우 어려웠으리라 생각한다. 상상이 저해되기 때문이다.

현장을 보고 글을 쓰는 것이 직업인 필자로서는 작가의 말이 놀랍고 좀 의아하기도 하다. 작가가 현장을 가지 않고 어떻게 "해당화 잎들이 아랫도리를 가렸으나 별당 전부가 환하게 눈에 들어왔다"와 같은 디테일한 묘사를 할 수 있었을까. 작가는 "소설 쓸 때 참고한 책자들이 있어요. 상상력과 직관력으로 정확하게 때려잡아야 해요"* 라고 했다. 다만 작가가 소설을 쓰면서 현장 답사를 병행했으면 다른 것은 몰라도 계절에 맞게 더 많은 꽃이 등장했을 것 같다는 생각은 들었다.

---

* 박경리·황호택 대담, 「황호택 기자가 만난 사람」, 『신동아』, 2005년 1월호.

통영에 핀 꽃들

작가의 고향에 핀 동백꽃

경남 통영은 『토지』의 작가 박경리의 고향이다. 『토지』의 주 무대는 하동 평사리지만 통영의 비중도 적지 않다. 먼저 신여성 임명희가 남편 조용하의 학대를 견디지 못해 이혼을 선언하고 내려간 곳이 통영이다. 또 조찬하와 유인실·오가다가 임명희를 설득하기 위해 통영으로 찾아오면서 통영 풍경이 자세히 나온다. 조준구의 척추 장애인 아들 조병수가 소목장이로 정착한 곳이고, 김강쇠의 아들이자 송관수의 사위인 김휘가 조병수의 제자로 와서 산 곳이다. 한복의 아들 영호와 숙이 부부, 숙이의 동생인 일명 몽치 박재수 등 평사리 출신들이 삶을 꾸리는 데다 홍이의 처가여서 홍이 가족이 상당 기간 산 곳이다. 그래서 소설에 통영 중심가 골목길까지 세세하게 묘사된다.

작가의 고향 통영에 대한 자부심은 작품 곳곳에서 드러난다. "이순신 충무공이 좌정했던 곳이며 왜적이 몰살당한 고장"이라는 표현이 여러 번 나오는 식이다. 통영이 배경일 때 가장 많이 등장하는 꽃은 동백꽃이다. 통영 풍습을 소개할 때 "명정골 우물가 동백나무 밑에 모여들어 밤을 지새우며 끼리끼리 만나서 노니는 젊은 여자들"이라는 표현이 나온다. 아마 작가도 명정골 동백나무 밑에서 또래 여성들과 밤을 지새우며 노닌 경험이 있지 않았을까.

동백꽃은 이충무공 사당인 충렬사에도 피어 있다. "사람들은 성지聖地, 충렬사의 붉은 동백꽃을 마음으로 몸으로 수호하며 이순신이 팠다는 명정리의 쌍우물, 어떠한 가뭄에도 마르지 않는, 해서 가뭄 때는 통영 사람들 유일한 식수가 되는 명정리 우물을 바가지로 퍼올리는 아낙네 마음은 늘 경건했다" 같은 대목이 있다.

오빠 영광이 통영을 찾아왔을 때 동생 영선이는 오빠에게 근처를 돌아보려면 충렬사에 가보라고 권한다.

"저기 보이지요? 동백나무가 줄지어 있는 곳, 저기 충렬

동백나무는 차나무과의 상록교목이다. 동백꽃은 11월부터 피기 시작해
이듬해 5월까지 핀다.

사가 있소. 이순신 장군을 모신 사당이오."

"그래."

"하지마는 아마도 안에는 못 들어갈 깁니다. 동백꽃 피었
을 때는 볼 만했는데, 아직은 꽃이 좀 남아 있을 성싶은
데." (…)

영광은 걸음을 옮긴다. 길 양편에 우뚝우뚝 서 있는 동백
나무는 울창한 그늘을 드리우고 있다. 영광은 동백나무
터널 속으로 들어갔다. (18권 303~304쪽)

이 통영 동백꽃은 백석의 시에도 등장한다. 백석은 1935년 『조선일보』 기자로 일할 때 동료 허준의 결혼 축하모임에서 통영 출신 이화고녀생 박경련을 만나 첫눈에 반한다. 박경련을 '란'蘭이라고 불렀고, 「통영2」란 시로 애틋한 마음을 드러냈다.

(…) 란蘭이라는 이는 명정골에 산다든데/명정골은 산을 넘어 동백나무 푸르른 감로 같은 물이 솟는 명정샘이 있는 마을인데/샘터엔 오구작작 물을 긷는 처녀며 새악시들 가운데 내가 좋아하는 그이가 있을 것만 같고/내가 좋아하는 그이는 푸른 가지 붉게붉게 동백꽃 피는 철엔 타관 시집을 갈 것만 같은데 (…)

백석은 통영에 두 번이나 내려오면서 구애했지만 박경련이 백석을 피하면서 두 사람은 맺어지지 못했다. 이런 인연으로 충렬사 앞에는 백석의 「통영2」 시비가 세워져 있다.

동백나무는 차나무과의 상록교목이다. 동백꽃은 11월부터 피기 시작해 이듬해 5월까지 피는, 명실상부한 겨울꽃이다. 주로 제주도와 남해안에 분포하고 서해안을 따

동백꽃은 활짝 피지 않고 반 정도만 벌어지는 것이 특징이다.

라 백령도 바로 아래 대청도에서까지 자란다. 물론 동해
안을 따라서도 올라가 있다. 요즘엔 온난화 영향으로 서
울 양지바른 곳에서도 동백꽃이 피는 것을 볼 수 있다.

동백나무가 한겨울에 꽃이 피는 것은 곤충이 아닌 동
박새가 꽃가루받이를 돕기 때문이다. 동박새는 동백꽃의
꿀을 먹는 과정에서 이마에 꽃가루를 묻혀 다른 꽃으로
나른다. 동박새는 워낙 작고 날쌔 실물을 보기가 참 힘든
새다. 동백꽃을 보러 갈 때마다 동박새를 담아보려고 했
지만 한 번도 성공하지 못했다. 동백나무 사이에서 새소
리가 나는 것으로 보아 동박새가 있는 것이 분명한데 좀

애기동백나무는 일본 원산으로, 동백나무와 달리 꽃잎이 활짝 벌어진다.

처럼 모습을 보여주지 않았다.

동백꽃은 반 정도만 벌어지는 것이 특징이다. 꽃이 지고 나면 지름 3~4센티미터 크기로 사과처럼 둥근 열매가 생긴다. 그 속에 씨가 들어 있는데, 동백 씨로 기름을 짜 옛날 부녀자들이 머릿기름으로 썼다. 동백나무가 자라지 않는 중부 이북에서는 생강나무 열매로 동백 기름을 대신했다. 김유정의 소설 「동백꽃」에 나오는 꽃이 붉은색이 아닌 '노란 동백꽃'인 이유다.

애기동백나무는 꽃잎이 활짝 벌어져 동백나무와 구분할 수 있다. 동백나무는 우리나라 자생 식물이지만, 애기

동백나무는 일본 원산으로 도입한 것이다. 동백꽃은 벌어질 듯 말 듯 중간쯤만 벌어지기 때문에 꽃잎이 활짝 벌어져 있으면 애기동백나무로 봐도 무방할 것이다. 애기동백나무는 일년생 가지와 잎 뒷면의 맥, 씨방에 털이 있는 점도 다르다.

동백꽃은 주로 제주도와 남해안 등 따뜻한 곳에서 자라기 때문에 충분히 통영을 대표할 만한 꽃이다. 하지만 좀더 통영 색채가 강한 꽃이나 나무가 나오기를 기대하며 소설을 읽은 것이 사실이다. 하지만 영광이 여동생 영선이 사는 간창골 집을 찾았을 때 "기와집, 붉은 벽돌 담장 안의 석류나무 새잎의 푸르름이 선명했다"고, 석류나무가 추가로 나오는 정도였다. 석류나무도 추위를 잘 못 견뎌 서울 등 중부 지방에서는 보기 어렵다.

박경리와 함께하는 꽃과 나무들

작가는 1953년 6·25전쟁이 끝나고 통영을 떠난 이후 무슨 이유에서인지 50여 년 동안 고향을 찾지 않았다. 물론 2004년 11월 51년 만에 강연을 하러 고향을 찾았을 때 대환영을 받았다. 작가는 어찌 한두 해도 아니고 반세기 동안이나 고향을 찾지 않았을까. 작가는 이에 대해 입을 열지 않았다. 당시 기사를 찾아보면, 동행한 딸 김영주 씨가 대신 "어머니가 주로 원주에서 창작 활동을 하셨는데 창작할 때는 통영뿐 아니라 바깥 출입을 거의 하지 않으셨다"고 답변했다는 내용만 있다. 이 설명만으로는 고개를 끄덕이기에 좀 부족하다.

박경리 작가와 오랜 인연이 있는 서울대 김형국 명예교수가 평전 형식으로 쓴 책 『박경리 이야기』에 따르면, 작가는 6·25전쟁 초기에 남편을 잃고 통영에 피난 왔을 때 총각인 초등학교 음악 선생과 재혼했다. 그런데 애 딸린 과부가 총각 선생과 결혼했다고 온갖 악소문과 질시에 시달렸다. 결혼도 오래가지 못했다. 1년 남짓 만에 헤어졌고 작가는 큰 상처를 안고 통영을 떠났다. 작가가 본인 입으로 한 얘기는 아니고 통영 지방신문이 작가의 고향 친구들 증언을 바탕으로 쓴 기사 내용을 『박경리 이야기』 저자가 확인한 것이다. 작가 박경리가 반세기 동안 고향을 찾지 않은 이유가 이 상처와 관련이 있지 않았을까.

그러나 작가의 가슴속엔 늘 고향 통영이 자리 잡고 있었음이 틀림없다. 작가가 자신의 마지막 안식처, 묘소로 통영 미륵산 기슭, 바다가 보이는 언덕을 선택한 것도 이

고들빼기는 씀바귀와 비슷하지만 잎이 둥글게 줄기를 감싸고 있는 점이 다르다. 고들빼기 꽃은 꽃술과 꽃잎 모두 노란색이지만, 씀바귀는 꽃잎은 노란색, 꽃술은 검은색인 점도 다르다.

를 입증한다. 묘소 아래에는 박경리기념관과 추모공원이 있다.

박경리기념관 옆에는 작은 정원이 있고 나무 데크를 따라 올라가면 남해 바다를 조망할 수 있는 추모공원과 묘소가 있는 구조다. 기념관 정원엔 「삶」이라는 제목의 박경리 시비가 있다. 뜻밖에도 이 시에서 고들빼기를 발견했다. "대개/소쩍새는 밤에 울고/뻐꾸기는 낮에 우는 것 같다/풀 뽑는 언덕에/노오란 고들빼기꽃" "미친 듯 꿀 찾는 벌아/간지럽다는 고들빼기꽃/모두 한목숨인 것을"

등의 시구를 볼 수 있다. 고들빼기는 씀바귀 비슷하게 생긴, 어디에나 흔한 들꽃이다.

김형국 교수는 『박경리 이야기』에서 박경리와 고들빼기에 얽힌 이야기를 한 토막 풀어놓았다. 박경리 작가는 1980년 원주 단구동으로 이사해 그곳에서 텃밭을 가꾸며 『토지』 4~5부를 집필했다. 김 교수가 1980년대 초 작가를 처음 찾아갔을 때 작가는 직접 차린 점심을 내놓았다. 밥상에 오른 푸성귀 중에는 고들빼기도 있었던 모양이다.

대청 너머 정원은 절반 이상이 '철저히 혼자이기를 고수하는' 작가의 땀을 기다리는 텃밭이었다. 거기서 파, 부추, 고추, 배추, 고들빼기가 철 따라 자란다. "고들빼기, 경상도 말로 썬냉이 한 뿌리면 한 끼 반찬으로 족하다. 그 뿌리에 지력이 얼마인데…"

이후 김 교수가 종종 안부전화를 할 때 작가는 어김없이 끝머리에 "가까이 원주를 한번 다녀가라" "마당엔 고들빼기가 지천으로 자란다"는 말을 했다. 이 책을 읽고 2022년 9월 말 이 옛집과 그 주변을 공원화한 원주 박경

▲ 아왜나무는 남부 지방에서 생울타리 나무로 흔히 심는다. 나무가 탈 때
　수분이 빠져나오면서 거품 차단막을 만들어 방화용으로도 많이 심는 나무다.
▼ 광나무는 서울 등 중부 지방에서 흔히 볼 수 있는 쥐똥나무의 상록 버전이다.
　잎과 열매가 쥐똥나무 것보다 좀 크지만 아주 비슷하게 생겼다.

▲ 후박나무는 제주도와 남해안 일대에서 흔히 볼 수 있는 상록수다.
　줄기가 밝은 회색으로 굵고 튼실하게 올라가는 나무이며 가로수로도 심는다.
▼ 잎이 오리나무 비슷한 사방오리는 일본 원산으로, 남부 지방에서 사방
　조림용으로 심는 나무다.

리문학공원에 들렀더니 옛집 마당과 그 주변에 여전히 노란 고들빼기꽃이 많이 있었다.

박경리기념관에서 나무 데크를 따라 묘소로 향하다 보면 남해안에서 볼 수 있는 상록수를 많이 볼 수 있다. 우선 나무 데크길에 울타리 삼아 아왜나무를 심어놓았다. 아왜나무는 서울 등 중부 지방에서는 보기 힘든 나무지만 통영 등 남부 지방에서는 생울타리 나무로 흔하게 볼 수 있다. 아왜나무는 1차로 두껍고 커다란 잎이 불을 막아주고 나무 몸통이 탈 때는 수분이 빠져나오면서 거품 차단막을 만들어 방화용으로도 많이 심는 나무다.

데크길 오른쪽엔 광나무꽃이 피어 향긋한 냄새를 내뿜고 있다. 광나무는 서울에서 흔히 볼 수 있는 쥐똥나무의 상록 버전이다. 잎과 열매가 쥐똥나무 것보다 좀 크지만 아주 비슷하게 생겼다. 두터운 잎에서 광택이 나서 이름이 광나무다. 우리나라에선 남해안과 섬 지방 그리고 제주도에서만 볼 수 있다.

추모공원에 이르면 남해안 일대에서 흔히 볼 수 있는 후박나무를 많이 볼 수 있다. 남해안이나 제주도에서 줄기가 밝은 회색으로 굵고 튼실하게 올라가는 상록수가 보이면 후박나무일 가능성이 높다. 역시 남해안에서 흔

통영병꽃나무는 통영 미륵산에서 자생하는 특산 식물이다.
다른 지역 병꽃나무에 비해 잎과 꽃잎이 크고 색깔이 아름답다.

히 볼 수 있는 사스레피나무, 사방오리도 보였다. 사스레
피나무는 상록성이라 잎이 언제나 진초록색이며 두껍고
반질반질하고, 그 잎 사이로 꽃이나 열매가 잔뜩 달려 있
다. 사방오리는 일본 원산으로, 1940년쯤 들여와 남부 지
방에 사방 조림용으로 심은 나무다. 잎이 오리나무 비슷
한데 측맥이 13~17쌍으로, 측맥이 7~11쌍인 오리나무
보다 굉장히 많다. 빨리 자라지만 내한성이 약한 거이 흠
이다.

케이블카를 타고 미륵산에 올라 정상으로 가다 보면

통영 특산인 통영병꽃나무를 볼 수 있다. 통영에서도 미륵산에만 자생하는 특산 식물로, 다른 지역 병꽃나무에 비해 잎과 꽃잎이 크고 색상이 아름답다는 설명이 있다. 다만 국가표준식물목록에는 없는 것으로 보아 붉은병꽃나무의 변이로 보는 것 같다. 『토지』를 읽으면서 후박나무나 통영병꽃나무처럼 통영 색채가 강한 꽃과 나무들이 소설에도 나오면 좋았겠다는 생각을 했다.

꽃 이름 찾아보기

꽃 으 로　　토 지 를　　읽 다

지은이 김민철
펴낸이 김언호

펴낸곳 (주)도서출판 한길사
등록 1976년 12월 24일 제74호
주소 10881 경기도 파주시 광인사길 37
홈페이지 www.hangilsa.co.kr
전자우편 hangilsahangilsa.co.kr
전화 031-955-2000-3 **팩스** 031-955-2005

부사장 박관순 **총괄이사** 김서영 **관리이사** 곽명호
영업이사 이경호 **경영이사** 김관영 **편집주간** 백은숙
편집 이한민 박희진 노유연 최현경 박홍민 김영길
관리 이주환 문주상 이희문 원선아 이진아 **마케팅** 정아린
디자인 창포 031-955-2097
인쇄 제책 신우

제1판 제1쇄 2023년 5월 3일

값 18,000원
ISBN 978-89-356-7823-5 03810